AQUARIUS

AQUARIUS

AQUARIUS

AQUARIUS

每個人心中都有一座島嶼，

藉文字呼息而靜謐，

Island，我們心靈的岸。

崎雲

夢中通訊

作家聯合推薦

崎雲以詩人精緻的意象，在生命、疾病、肉體間流轉思索，面對苦厄大難，展現了無比的溫柔與堅毅。

他觀心、內省的文字，似木質之安靜，彷彿苔之深沉。

——**吳妮民**（醫師、作家）

常人與眾仙不分，父身與子體借換，崎雲出入現實，寫出理性與感受間層層細密褶襞，以詩化的語言，貼近難以形容的生命情狀，將憂傷沐洗出清明輪廓。

——**廖梅璇**（作家）

推薦序——

與諸天的眼淚在夢中通訊

◎羅毓嘉（作家）

最好的詩人，他們的詩總是與他們散文裡頭的殘酷與慈悲互文，自剖，自成，自證。

《夢中通訊》就是這樣一本，與詩集《諸天的眼淚》，必須一齊讀完的散文集。崎雲先前的詩集《諸天的眼淚》當中，那些沉浸於宗教的吟哦與慈悲，苦與死，病與難。我讀詩的時候總想著下次見到崎雲的時候，有許多問題想要問他——問他，你要如何以宗教證成詩藝？你要如何證成，文字是可以超越人世的苦難這人間的輪迴？當人問起這首詩的「本事」，你要如何解釋一切？

你要如何說，是世間的混沌洗滌出了你的澄澈？

我很想這麼問當然我想這麼問。但其實，其實我和崎雲稱不上有什麼私交。是以《夢中通訊》，崎雲的這本散文集，幸與不幸，為我們揭開了整本傷痛的歷史之所在，他清雋的身形背後那在政大木柵山坳裡給風吹起的髮絲之瀟灑背影之下，那所有的故事。

//

崎雲見到我的時候總是非常含蓄，且節制地喊我，毓嘉學長。

我與他交會於詩。但幾次在政大的校園裡頭相遇的片刻，我總覺得，他其實才是我的學長。而我是那種比較張狂的，不受控制的，妖冶的，學妹吧。某次，在校園當中，我評完了政大的道南文學獎正要離開校園的時候他喊住我，「學長，」他那麼穩重，安定，垂眉微笑，並遞給我當時他甫出版的詩集《無相》。

也確實是從《無相》之間，崎雲的詩作——是那麼內省地輕輕揭開了人世之苦，難，病，厄，而我們所能擁有所能形容「這些」的詞彙都尚嫌太少太少的「這時」，那裡才有了生。生之困窘，生之吞忍，生之，低微。崎雲的詩，是從那裡頭開始的。

而其實，讀詩的時候，我並不知道。

我以為是一種神性之苦，我以為，那是追取悟道之苦。我以為，那是——那麼一個與我完全不同的詩人，在追索著「什麼」之苦。讀《夢中通訊》的這幾天，我失去了一個朋友，因著一場意外，一個篤信基督的朋友在基督的同志社群當中竭力拓寬著宗教與同志社群對話空間的朋友，離開了我們的那個夜晚。我問，有沒有神？如果有，為什麼祂（媽的）要把這麼好的人，在這麼早的時候帶走？我問。當然，但當然，沒有答案。

羅智成在《諸天的眼淚》推薦中寫了，「以佛學或道教思想為基礎的冥想經驗，卻傾向把某種最深刻的體悟排除在文字表達之外。因此以詩證道像是一個僵局，除非你找到詩本身的率性、反語言性或反慣性語言的禪性。」

我偏要說，正是因為崎雲不僅寫出了《諸天的眼淚》，而在《夢中通訊》裡頭，我們終於知道，他思覺失調的母親，那生活飽受困頓煎熬的父親，那位他必須捐出一部分肝臟的父親，這些，都是崎雲本身的，神性。

崎雲不怨。不恨。他質疑，但他垂眉。他躺上手術臺。他綁縛母親。給母親吃藥。

他聽任鄰人錯誤的指摘而他吞下那些。

他。

承受所有傷害。

我又想起崔舜華給崎雲寫過的文字——「病老之苦，求之不得的苦，無愛之苦，清貧與勞動的生活之苦……值得深究的是詩裡面並不索求太多的離苦得樂，亦無諄諄誘導之意，他的詩之所以充滿了生的力道，而非悟的枯索，是他用力地於每句詩行之中當下證苦、即苦、整個地浸泡在苦裡，使苦中有愛，而愛正恰恰足以消解一切苦厄——」

//

崎雲的愛又那麼節制。

連一包菸都能抽上兩三個月的人，究竟要怎麼相信他是揮霍生命的？

他只是靜靜地活。而我想起蔡明亮導演在宜蘭壯圍沙丘旅遊資訊中心播放的《行者》系列影像作品。蔡明亮行走著。慢慢地。二十分鐘前進十五公尺吧。像人生。一天就是過完了一天。一個月，則也就是一個月。行者有什麼目的嗎？或許有，或許沒有。行者只是前往世間大我所帶著他們所前往的地方。崎雲在《夢中通訊》所講述的一切家族史，證成了《諸天的眼淚》之必要。

或許那些也都與我們無關。

《夢中通訊》的文字無疑是——菩薩的。帶我們走過佛家六道。或許下次轉生，別再當人，別再寫詩了吧？那樣也挺好的。崎雲啊，你這輩子，已經修得夠了。也謝謝你帶我們見到了，這些靜物皆活的風景。

自序——

鈍根通靈

心中念著一種順應，瓶中橫斜的枯枝，宗教雕像的手勢，道祖、觀音、耶穌、聖母，或那些散亂的筆。獨自在家，食麵。午後，將先母龕位旁兩束年前購置的花稍加整理，萎的除去，餘如滿天星、雛菊等仍生氣蓬勃者則繼續留在深紅色的花瓶裡。有點綴，有嫻靜的喜氣，相信先母應該會喜歡，隨後在和室安坐，學七支坐法，結彌陀定印，半闔眼，呼，吸，半眠、半醒、半清明。

晚間，捐了一筆善款給慈善團體，看著自己現今的「多」——至少毋庸如過往一般儉腸凹肚——遂深知當前的足，及智慧、德行、能力、心性、人事應對之不足，畢竟能蒙仗諸善緣走到這裡，遂感到種種他人對自己的襄助自然也便都是「多」的。所幸過往許多放不下的事已在時區的橫隔中漸漸漸漸地能放下，放下，心頭、手中便有剩餘可搬納當前所關懷的。

即使，我所能夠做的、已經做的，相比世間對我的照顧仍遠遠不夠，然而我也堅信「時間」此一導師會教會我們更多。

即使，更多的是「有隔」，是個人時間的倒數與終止。十來年，常有不同的他者夢見我死——情境或意外當下，情節相似，或在醫搶救，或告別式中——死因單一，死相甚慘，然都與他人致災脫離不了關係。意料之外的，是彼此不識的眾人透過轉述，跨越了不同的時空偕在場，完成集體無意識的連結，對已底定的影像播放復播放。只因他們與我有緣、有情，累世或有關係而於今生續相纏縛，於是被迫觀照與見證了一生命消沓的歷程。彷彿我的一生就像是虛擬實境，有人辦了帳號，登入、退出，未必見證遊戲的開始，但都參與了結束。

假若一切都是偶然，那麼他者必不得夢見同款的夢境，同情節、衣著、地點，見閃爍的青紅燈、暴行的車輛、提前暗暗選好而幾無人知的那張遺照；假若一切都是必然，也就沒必要在現實中避忌此事不談，只是權當作是被提前揭開的人生劇本，讓親近的人看。猶記得二十歲生日當晚，歡樂聲逝，眾人離去，徒留我坐在賃居處的桌前，滿室蕭索，卻突然在某刻感應到一股自靈魂深處湧上來的悲傷，也在此時深深地預感——人生已至一半，今生壽長只四十。

自彼之後，像是打開了開關，預言或讖言常浮掠在心，卻也讓我明瞭許多事變與不可變，從中深刻地感受到此生種種像是在圓滿一個又一個過往有所虧欠的結局。對於離散，唏噓漸少，對於死亡，只視作是不同的人，因之於不同因緣——或親人，或情人，或學弟、學妹——在不同時間偶然翻閱了生死簿，為一種離去的可能下了註解，像一蜷曲的葉被捲開，看見了完整的葉面。

寫作大抵就是這樣，是過往的預言，是未來的讖言，是葉之脈，是窗——有時是窺視，有時是觀照——是預言的完成，讓我得見生命的黑洞。有時也是記憶的索引，是渡河的筏，是神人藉稚兒操持的圓光術，唯有一心真純、無邪思者始能成之，追尋著種種線索，勾勒出某種情境的再現與創造。如那些能夢見我之死亡者，或許也都是素心無邪的桃源捕魚人，能心印，也曾心印。

夢境是這樣，寫作是這樣，有隔的距離、變形的記憶，誠實真純地面對自己，自曝其拙，這對我來說是熱氣蒸騰如置霧裡，是水溶溶的。

想起曾多次躺在滿水位的浴缸中，讓水面沒過口鼻，將要窒息後的浮出水面的大口喘氣，思想著這是瀕臨死亡的體驗嗎？曾受委屈而無法自證而急於拿著刀片割劃在自身胸口上的無力感，是瀕臨死亡的體驗嗎？閉著眼，騎著車獨行在空蕩無人的深夜道路上，催著油門，數到七時忍不住睜開眼的恐懼感，是瀕臨死亡的體驗嗎？捐完肝，躺在加護病房中，失去時間感下的種種昏沉與惡夢，那種深深沉沉無有出期的感覺？是了，或許是吧，但或許也不是。

當種種情境與狀態被否定於某一種判斷，便反面證成其雙重的性質，是活著與死亡之間的一線，而當「狀態」尚未完成，我們只能用靈異之心去揣測、逼近，而無法「成為」。正如同我日日躺在母親離世的那個位置上，雙手交疊，揣想與試著模擬她斷氣時的樣貌，想著，那會是什麼樣的狀態？那一刻，她的心裡想著的又會是什麼？當我側躺在醫院的陪病床上，看著寡言沉默的父親，想著得知一度無法換肝的他，當時的心理和情緒又幾何？當我坐在災難現場，看著頹傾的大樓、遠方的煙火與鞭炮、近處的老鼠與手電筒之光，哪一樣是真的，哪一樣是大型劇場的特效？

生與死的間隔、慶祝與哀慟的間隔、虛幻與真實的間隔。

這般想來，寫作也確實是神祕經驗的靈通一刻。我用拙劣的文字寫下的是諸多的消頹：精神、疾病與喪亡，母親、父親、大表姊，思覺失調、肝癌、大地震。無罣礙，無罣礙故無有恐怖，自能遠離顛倒夢想。許多事情想不通、做不來，為什麼是我、為什麼不是我、什麼是我，膽怯與無能是我嗎？不知道，只知道我是十足的鈍根。而後經歷幾次大疫、大震，情感來去，虧欠、委屈與不甘，復又牢困於苦海深處，也就覺得自己變得更鈍了。

諸此在敗壞中的敗壞，我鈍，但我深知自己慾壑難填、貪嗔縛身，坐在寺廟裡、蒲團上，也只願心地能常光明，不顛倒、不夢想，不受外境牽，能如實知自心。不貪求，但仍貪一顆安定穩實的心。

倘若，寫作是造夢，是在一張又一張的複寫紙上作畫——有隔，且作用的當下即在複製——即使，隨後的修改與刪汰使得全然的複製已不可能；即使，尚未掀開紙張之前並未真的能夠知曉何處有瑕（或作畫之時便已滿身破綻），但我仍感受且享受作畫過程中的愉悅、苦、施力、質疑，以及最最深刻的離群的孤獨。此時，文字即是通訊的工具，作為符號，指向造夢者／作畫者的心跡。

在複寫紙上留下一道又一道的痕跡，像在大地上費力地挖出渠道等待雨季的來臨，這一冊子，畢竟是這些複寫紙最後的樣子，是它們身帶斧鑿的傷痕而貪慕那些臻於化工的作品而遙不可及，之忌妒，之貼近於一個人的精神。有缺陷，有敗筆，但也有其在記憶中無可取代的一部分，那是文字的價值，生之價值，也是死亡之價值。它們只是諸多概念的痕跡——自卑、焦慮、痛苦、求索、沉思、靜默——面生、看死，而非那些概念的本身。

它們不是複寫紙後的畫作，也非思維與情感的全然再現，它們是「隔」，但不是真相；它們只是接近，只能接近。乃因完美的畫作，只存在於虛空之中，全面的真相會在過程中耗散，也唯有在此中會被永遠地保留。我也明白自己不是會寫的人、能寫的人、寫得好的人，故而這本書中的篇章並非技藝的展現，更多則是展現出一種挽留的手勢，如安靜的塑像，道祖、觀音、耶穌、聖母，祂們的手，以及祂們的手之所指、之所持、之所結印。印於真，印於愧。

是故，寫作的過程中，我常告訴自己，若心中有愧，文字於焉便將會成為揭露自我罪懺的工具，作者是心，讀者是心，但若能如實知自心，那麼文字或許也將會成為晉道的利器；若心中無愧，無悲無喜無樂，寫也罷，不寫也罷，能坦然於日常瑣事，使遺用的文字成為日常經驗的肌理，眼目呈象，感應高僧大德常言之「山河並大地，全露法王身」的樣態，這樣也好，這樣更好。對於可供入題的素材，放過或不放過，文字的捉與不捉，也不過如此而已。

但確然有一絲快樂，快樂。

寫作、活著，不為誰，不為己，但就是快樂。當我把那些苦難寫了下來，於此中有爽然而釋的安定、有淡遠的愉樂在心裡，這樣就夠了，這樣就夠了。

謝謝母親，謝謝C，使鈍根如我，也有機會能通萬物之靈。

目錄

輯三 沉默的器官

被留下來的

目錄

輯一

遺卻之物

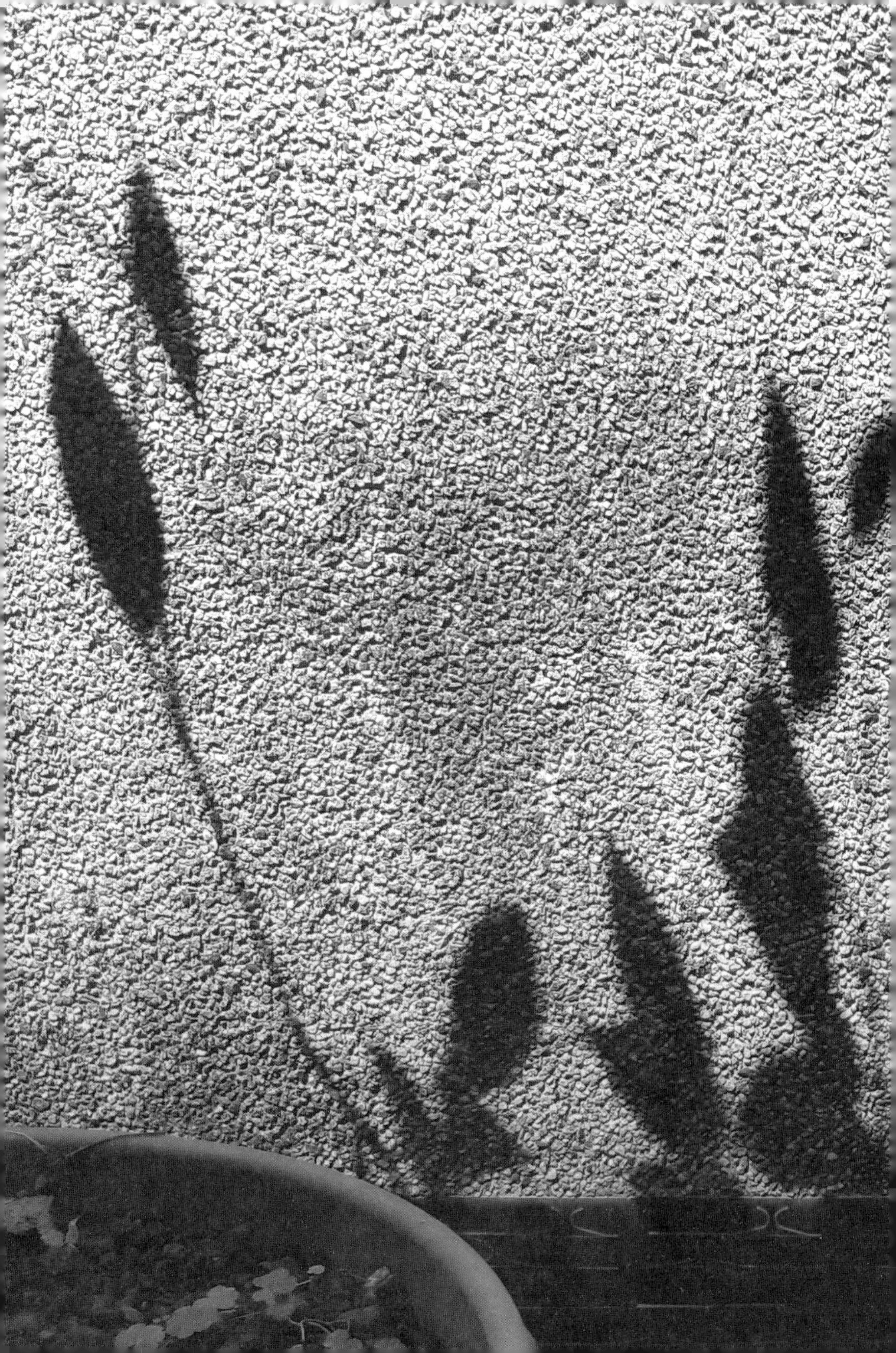

無盡意

午後，將窗簾拉得嚴實，不讓一絲陽光流瀉進屋。

不敵街上神廟慶典的聲音，鑼鼓、炮聲、動感的電子音樂，演繹瑣細的灰塵在不可見間浮沉，在挪動與起身時復揚起，彷彿有人拿著機具在心上磨。磨此肉身的蒲扇，搧，再搧。抬頭，冷氣螢幕顯示室內二十六度，我卻感到手腳冰冷、肉身孱弱，比不上一間頂加的違建還要溫熱與健康。檯燈開，將香燃，讀經，甫來到懺法前，「願此香花雲，遍滿十方界。」手機螢幕突然亮起，電子信箱收到一封來信，信中說明長期資助的兒童已經結了婚，有了自己的家庭，詢問是否要將款項轉移給另一名尚待資助的兒童。

讀畢，心中有悅喜，亦有薄淡的寬慰。

喜的是每月微薄之資，助其在遙遠的國土度過重要的成長階段，寬慰的是曾經播下的善念，點點滴滴，如香、花、雲，香氣弭國界，妙花遍四方，雲中結實纍纍，落而為善念之雨，為酷暑下的人心帶來一絲清涼。即使如此，甫結束一段親密關係的我，甫送走在災厄中不幸罹難之親人的我，看著手中厚重的經典、懺文，亦仍然感到有一絲心無所依。想來一切懺，不僅是在翻新自己，面對惡慾、荒怠與錯失，反省身心的造作對世間的愧與反饋，同時也是在觀照這個世界於惡慾之下成善的可能。

當我屢次對自我的價值產生懷疑時，便讀佛典。經典是神聖所留音之跡，誦經是對神聖之跡的通感與呼應，雙聲部、多聲部的和鳴，一心中，彼我即一。朗出聲音來，便像是接受一種來自虛空也來自肉身的指引。

對窗誦完一部懺文，香燃畢，空氣中仍有薄薄的氣味未散去，百業隨身，香花成雲，在室內盤據，呼應與安置窗外那些靈動的音聲及窗內之人的心猿與意馬。薄煙如層層紗網自四維上下推佈而去，似一場大戲的開幕與閉幕，有所說似無所說；又似壇前羅列聽法的座位於焉已成空相，眾生離卻，講席還原為孤獨的須彌山，香煙敞漫，山間嵐氣來聚集；或如火針織密密，煙絲如毛氈，靈香神霧如一件保暖的大衣，披覆在我身，為我帶來難言的安定。

安定感總是稍縱即逝。搬來此處前一週，除日常必要用到的書籍與用品，其餘皆仍在紙箱裡，齊齊堆在狹窄的玄關。道經、佛典、哲學書籍在上，詩文、小說、專論、任課的講義在下，墊底的則是棉被與衣物，層層相堆，如入通玄之門的臺階。一旁有我的形、無跡的影及影之挪移，於彼日夜作禮圍繞，透露存在的本質。我臆想此中若有深意寄寓於象徵，則或昭明世間一切思想常生於苦難、磨煉、喧譁中，如冶熱的鐵在水裡散溫，轉瞬於空中湧漫的煙霧與疵疵聲，乃至，如精細的粒子組構成的澄明反光之物，一面鏡。善思維、不思維，動不動，動，也不動，皆需溫厚篤實的生活來擎托。

復聯想，觀畫、觀像，若非毗沙門王伸出左手來承托，舍利塔也只是一座單純的寶塔，塔上層層諸佛塑像及其所現之佛光，也無能得攝。面對眾生是如此，愛一個人，理應也當是如此？據聞佛菩薩身後澄明的頭光背輪，除了是智慧圓滿的象徵，也同時是對眾生苦難的攝授與寬慰。一光一手，為淪陷者提拔、為膠著者安撫、為貧困者施予、為迷惘者接引。

我呢？北上經年，如今歸返，欲承托身邊人的期待，為低廉的租金不斷遷徙，著廉價的衣，喫簡單的食，好些年了但仍身無長物也無甚累積。我畢竟不是佛門天王，但卻也有眷屬需要照顧；我非尊貴的塔中舍利，面對生活，卻也是如劣質香塔般一壓即碎的羸弱之物。

思及心中的陰翳，將窗開。陽光鋪滿臉，看神廟的旌旗領路遊街過，神轎在後，花車的燈光炫然，光與神尊亦一般無二。如其實，願承擔，是其本體的延伸，也是其本體在運動與作用。轉身，看著那些暫放於玄關的書籍、什物，不禁想，若它們有念，或許也同眾生一般終日抱擁無盡意，或偶因一己之無能而感到羞慚。如我，如那些物也在這些年的日夜相伴中成為我之本體的延伸。物是我的身替，我是物的替身，這簡陋的宅舍，則是置物的囊袋。

簡陋的囊袋裡，裝箱的少、丟掉的多，起毛球的大衣、襯衫與長褲，各類文件、雜誌、書籍、講義，情人間逢年過節來往的通信，賃居幾年來之累積。在潮濕木柵，多雨指南，萬物無時無刻都充滿了水氣，幢幢高樓似一座又一座的深井，置身其中，彷若一尾魚活在井底，情緒多低迷，唯偶爾仍感驚異。驚異於銀蛇油亮如電光偶爾閃逝於陰暗的長廊與我錯身，或開窗見一巨蛙在三樓高的冷氣機上一動也不動地只是對著我看，展示冷凝的觀照如何可能。乃至，壁虎常於窗片的外邊坦其腹，光線來掃描，一「出」字薄淡如水寫布上即將消失的墨色，張口、吐舌，由物成字，復由字還原為物，只在一瞬，只待下一批蚊、蛾、蝶、蜂來窗間，只在一瞬。

有出即有入，有人存，便有人歿。一切別離與生死都已恍如昨日。恍如昨日才剛開始餵食的兩隻親人的流浪的貓，幾年後紛紛亡去，卻偶在夜裡仍恍然見其模糊之影在空蕩的舍區穿梭；恍如昨日埋葬過兩三隻被寒流凍死的蜂、兩隻獨角仙、不計其數的破殼蝸牛，只願他們在未來都能有更好的歸處。我相信此刻若得人接、得人引，在彼時，就有人能真正地安穩下來。

遂一日一日，將欲丟棄的雜物自房內接引至廊道底的回收區，清空這些年的自己、梳理難解的情感關係。於我無用之物，也許對他人有用，那我視為有用的而留下的，有很大的可能在日後會發現只是一場誤會——我所預見的「有用」，也不過就是自我滿足的幻覺。因執取的意念未發生，故言幻覺，幻覺將隨著殘留於廢棄物與回收品上的氣味若蒲公英的種子般隨風四散，往遠處去，至遙遠的國度被其他人穿、被其他人用，成土中寶、煙中花，或成再生的紙漿，成為另外一些書籍與筆記的血肉，有了被正確對待的可能。

離開舊居的前兩日，夜返家，牆側是幾箱堆疊整齊的待寄之物，此外則近乎是空蕩的房間。除去擺飾，除去書櫃上那些為了遮掩鏽斑的紋彩墊紙，徒留一臺筆電與盆竹於桌上。即使只有一盞燈，仍使我感到清朗明澈，這生活了四年的空間，鐵鏽也都彷彿擁有了四年的生機。

每次遷移，都深覺是對意念的汰除與刪減，思量自己應捨下什麼、持守什麼，再領著汰篩後的信念往下走。明白心花攀意樹，一念即三千，在所有賃居過的空間裡，一絲又一絲看不見的命運節點，節點織羅網，似窗前鐵條的影斜斜涉入室內，影中也有紗窗，如老屋仰掌托住那些光下始得顯身的塵粒。我也是此中的一部分。我曾在桌前思惟，我是微塵眾，我是眾微塵的累積。退宿的前一刻，拿出小巧的銅爐，燃起香，開窗，任香味沿著氣流走，在空蕩的室內旋，周遊，復又隨火光的消逝而安靜下來。

揹起行囊，來到巷底相鄰的兩座神祠，左邊土地祠，右邊樹王公。燃香、敬拜，感謝天地靈神的護佑，使我順利找到新的居所，有機會接納他人的遺留，也被他人的遺留所接納。

房東在我遷入的前一日，已請人灑掃，燃水煙，做完驅蟲的準備。他說，望我能善待這個房間。又云，近日地方大廟有熱鬧，會吵雜些，要多擔待。我連忙說好，但心中莫名感到一絲慚愧，愧於有些昆蟲、生物因我的遷入而不得不離開，生死不知，感悟到即使有人離去，也終會有些因緣會因我而到來。然而這樣的「愧」也只是淡淡的，轉瞬即逝的，如微小火花一閃，沒有迴響與聲音。

浴室裡，瓷白的磚片已有了黑髮般飛揚的裂痕，如一幅潑墨《水經》，水勢如伏流隱現，指沿水勢走，磚緣出，復又隱沒於另一片磁磚的中心。前人留下的祕密、隱私，若閃電投水，目不可視斷掉的線索，唯有浴室明白知曉，反映在物品的邊緣，咬痕般的簸裂之跡，是此屋心中有話想說不能說。遂引蟻行常來刪節號，沿著磚與磚間的溝槽走，走出殼上的螺紋，體腔內壁的縫線，將生存的脈絡轉換成另一種方式來顯形。

使我有那麼一瞬，感到世間的昆蟲皆是精明、妙善的匠師，擁細膩的心，是屋舍隱匿的念、情緒的生物，寄生在浴廁的心中，招引與其相似的我前來。

是前一位房客的居家習慣不好，抑或是這頂樓加蓋的房間有太多恚懣的心事？沐浴時，天花板的油漆脫落、翻起，像燙傷後的肢幹垂在空中，米白色的皮在燈管旁微微地晃，似風吹百合花，花瓣來招搖，點綴紛亂的思緒。細碎的白漆如黎明時挪動得極緩極緩的雲，那麼老，又那麼新，雲中似乎正下著極緩極緩的雨，緩至目不可現、耳不得聞、心思不及查，直到某一個與屋舍會心的時刻，始見有些碎漆若雪片，高掛於危脆而緻密的蛛網上。蛛腳則如松枝，在光線陰暗處活動，納水氣為珠，珠眸萬幻常流轉，看盡浴廁中極密私隱的一切，隨其因緣，復蒸散於翌日。

初搬來，鄰房的住客總習慣在固定的時間洗澡，邊洗澡邊唱歌，歌聲遊蕩在頂上那薄木板隔起來的空間裡，復於鐵皮屋頂下放大，雙重的回聲彷若自遠方及時送回來的答應。每日此刻，屋舍便化身為樂器，沐浴乳的氣味瀰漫，若山間白雲因風竄，釀著淙淙的水聲。水裡彷若有神明自管道間、通風口竄入我室，帶來充盈的異香，然而，自搬來此處後幾週，都未曾在屋內遇見鄰房的住客，這不禁使我懷疑起到底是野神抑或靈仙於夜裡歡歌坦露心跡，抑或山精鬼怪哼哼小調排遣他藏居於此的無聊？唯一能確定的，是另一名房客上班前貼在鄰房門上的噪音告誡屢次被人撕去。

此後，只聞聲，不見人，天籟鮮作，偶爾乍起的歌聲如一道雷聲貫耳又旋即不見，盈耳的只剩幻覺。像白日街上的遊行、法會與慶典，鑼鼓聲消，空氣中仍有薄淡的煙硝味，能推測的，是虛空曾經開過花，有花香，有檀木的氣味自爐中緩散出，不能確定的，是神祇的眷屬與天眾剛才是否真的鼓樂巡行過？

亦可能是浴室自己在嗚咽，搬來不到一週，水管即堵塞。赴賣場買來通劑，看冷水觸及粉末，鋁粒燃燒，淡淡的煙霧若昭示著有機物的消逝。彼時，有些過去在死，毛髮、皮屑，自我的遺存、前人的影子，在幾分鐘裡燃蝕殆盡。我想起廟宇祭改時所用的替身、人形的芻靈，毛髮、指甲、生辰八字，黃符燃燒、紙錢驅策，災禍的轉移與消除皆賴一場小小的火焚。

是沾惹生者的物之身在替災、換死，如房東預燃的水煙，不見火、不見焚，但聞越來越濃的惡臭與響亮的滋滋聲包裹著狹小的房間與浴室，若壺中熟水滾，溢出的沸水滴在爐片上，水氣蒸，福咎臨，對過往的銷毀仍在持續，傷害與滅敗也仍在進行。

連心痣

那一年，母親的病情成為了大家都知道，但無法明說的祕密。其近六十年的生命似乎有陰霾正隱隱成形著，像絕症潛藏而未發，卻早已融入體內的每一條血脈與肌理，不動，僅感鬱結；動，便即刻有深深的、模糊的、觸捉不著的痛苦由內而外地包圍著。使我感到她的肉身就像是一座無主的基地臺，紛亂的情緒是電信的波紋，不間斷地往四周散播，四通八達的訊息如鬱結而躁動的氣血不斷衝撞著血管壁，以無形的方式溢出、流散，形成特別的磁場。

「伊應該有病。」鄰居私下如是說，如是用奇怪的眼光斜睨著母親，他們不知道正因為是他們口中的病，多年來，父親盡力奔走，企求對治的療方。然而母親從不輕易承認自己擁有精神的病根，然而，那真的是一種病嗎？我仍印象深刻地記得十五歲那年，家族中的親戚圍繞著我，如佈陣，猙獰的神情歷歷在目。他們忿忿指責，目光如弓弦，指尖如箭，說我是實實在在的不孝子，怎麼能夠凌虐母親，不予她飯吃。在這讓我感到窘困而無力的時刻，與眾人的喧譁不同，是母親噙著淚安靜地在舅媽的安撫之下輕輕睡去。

彷彿有病的人是我，我才是該被世界代謝排除的廢穢之物。

母親睡著了，我卻莫名想起曾經。因之於第四臺不斷重播的殭屍類型電影，那正邪雙方玄異法術的對抗、超自然的能力，使我從小便對道門的玄奇符籙感到好奇。一次，從二手書攤中淘得符籙一冊，返家，裁色紙，執紅筆，仿著書上的符籙用筆在黃紙上一張又一張地書畫著。或驅魔，或清淨，或賜福。後以牙籤和白膠黏成一座小小的法壇，剪裁紅棉布黏貼其上，桌邊再貼上那些小如指甲片的黃紙符，將其放在書桌上，覺得自己完成了一個完美的模型。一日，放學回來，將門開，父親見我便大罵，指著垃圾桶中的小小法壇，問我做這些幹什麼，母親會這般都是我害的，是我做的這些東西引來了邪魔。

當下有些錯愕，即使我並不相信真的是因為我那小小的驅邪符引來了涉亂精神的邪魔，而趕走了母親身上的真神與正駕；是我仿寫的賜福的符籙成為了母親精神分裂的咒詛，進而加重了她的抑鬱與悲傷。畢竟，那些對於前人靈文的模仿，如何與現世有關？我復又想起更早、更小，國小一年級，在臺南永康五王的外公家，我拿著奇異筆，趁著大人們午休，靜靜地將木頭櫃子的裡裡外外都繪滿了卍字符號。許是多年後靈通者所言之前幾世皆為僧道人物，過往種種薄淡的記憶於今生的承續，又或許是曾見佛寺山門上的符文有所感應，乃至是受到家中佛經典藏的日夜薰習，但無論原因為何，在那個長長的下午結束前，仍逃不了父母手持竹枝的鞭打。

幾年後，年邁的外婆在浴室跌倒，往生。眾人想起當年我在木櫃上的塗鴉，是暗示，是不祥。乃至於更早更早，幼兒園畢業紀念冊所收錄的一幅畫。

畫上的主題是山上看風景，我畫了一個微笑的太陽，三朵如篆紋的雲，下方是連綿的山，右下一土丘，插著三個十字架，瓢蟲般的蝴蝶在其上飛舞，天空滿是長方形框框中「兩豎 $」的記號如雨般筆直地下著。老師見了，以為我畫的是美金，和父母說這孩子總是想著天上會掉下錢，但唯有我自己知道那些是滿天的神符，澄澈、透明，自雲中，一片一片，如透明的樹葉標本般緩降下，那是我曾經見過最美麗的景色，我浮於其中，自在穿梭，但在哪裡呢？我記不得了。前世、今生？是在現實，抑或夢中？是真，或幻？我記不得了。

只記得幼兒園小班到小二的那幾年，住臺北、新北，時常搬家，陰陰森森的老公寓、舊房子。長大後才由父親處得知搬家的原因，乃是彼時的母親常向他抱怨賃居的地方不乾淨，謂有另一個世界的眾生干涉著我們的生活。在長廊，在浴廁，在暗室，當時的我看不到，但我臆想，並且幾乎能夠肯定，後來，那些幽冥眾生大抵都住進了這個家每個人的心裡。

在他人不能見，而我能見的時候。看著母親在舅媽的懷中睡去，我也曾希望自己能夠如此安然地躺臥於母親的懷裡，聽她喃喃唱念輕柔的歌，微微晃動脊骨，使所有的夢境有了安穩的旋律。可惜，自她犯病那一年始，我總是入睡遲緩且易於夜半轉醒，醒時，常有惡夢的刺棘與冷汗纏附在身——母親的病，也是這樣開始的嗎？對於這種不時裂化自我的病症，我一直相信是上天安排給我們學著面對濁世的方式，就像在學校實驗室顯微鏡下看見的單細胞生物一般，藉由分裂生殖，保留那些至真、至柔、至淨的一部分。

但我仍不禁想問，親愛的母親，我所自妳處繼承而來的，除了精神病症的潛勢，是否還有其他可能？

母親曾對我說過，我與她和外婆三人在左手小臂上，同一位置，都有著一顆細小而圓潤的黑痣。那一顆痣，母子彷彿連心，血脈永遠相續牽連。大學時，某年自北返，母親抓著我的手像是在尋找著什麼，喃喃地說著：「痣呢，你的痣怎麼不見了。」就在那一年，她的病情成為了家族之中眾所皆知，但眾人卻緘默於口的祕密；也就是在那一年，我進一步認識了精神醫學書籍裡艱澀、拗口的名詞，以及種種奇異的病徵與定義。「患者有時會有怪異或與現實脫節的想法，他們會覺得有人在陷害他、監視他。」母親，這便是當年妳四處告訴家族的親戚們，我和父親鞭打妳、牢困妳、虐待妳的真實原因嗎？

是故，那段時間，我常暗地裡對著另外一個母親禱告。

小時候的我不好育飼，夜裡常啼哭，父母聽從親戚的建議，帶我到高雄大崗山的新超峰寺認觀音佛祖為契母。觀音慈悲，一連三聖筊，我又多了一位母親。但或許我還是太頑劣了，幼兒園到小二之期，母親開始和新認識的師兄師姐們跑遍臺灣各大大小小的宮廟，大地遊戲一般的接旨、會靈、轉蓮臺，寫靈文與說天語，復又領我到位於青鯤鯓的小小地方王爺廟，認廟中的王母娘娘作契母。我問，不是已經有一位乾媽了嗎？母親說，小孩子有耳無嘴，惦惦就好。

只見王母乩身念念有詞，將神像上披覆的神衣取下，蓋在我身。黃色的綢布，一古篆壽字繡在其中，鑲亮片、明珠，壽字左右各有一蓮花，花旁有逐日的飛龍。那一刻，我得到了王母娘娘的加持，從母親的兒子、觀音的兒子，再晉一階，成了王母娘娘的兒子。這是母性的祝福吧，即使學者考證西王母是司管死亡、掌凶厲的月神，宋元戲曲才為這女仙之主加強了其母性慈祥的一面。

即使，那間宮廟在原來的住持往生後就慢慢斷了香火，但香火雖斷，這件神衣卻被留了下來，被母親給好好收著。國小六年級，外公辭世，我悲不自勝，感到世間疼愛自己的人又少了一個。一日，夜裡，夢見自己獨自來到大崗山的超峰寺，寺中莊嚴，靜謐無人煙，四周火燭焰焰，大放光明。我站在供桌前，看著觀音聖像流著淚。淚眼婆娑中，大殿的觀音聖像竟然咚咚地跳下了神龕，來到我的身邊，溫言說著：「不難過，大家都在看護著你，王母也在。不要怕，要相信自己。」語畢，用柳條在我額頭輕輕一點。點了，我便醒了。

好似也是從那個時候開始，我明確感知到母親的不對勁。那些諸天神佛的附身，引得大家樂、六合彩盛行時期眾人都來向母親問明牌，但在我眼裡，那些話都像胡言亂語；時常說著靈體出沒，有冤親債主，有誰對誰的業障尚未還清，但在我眼裡，卻只有透明人狀的祖先出沒、神將相守。我見是否為真，我亦不知，只是唯恐自己與母親一般，住在幻中而不自知。為此，父親特別與擔任族中祖佛之值年爐主的大伯商量，請家族三房一脈輪祀百年的范府千歲[1]來家裡鎮守，一個月後，王爺下降，借童乩之口謂家中沒有冥神妖鬼的存在，母親會這樣的一部分原因，許與早年的宮廟經驗有關。

遇不正信、有心人，時日已久，王爺愛莫能助，只能暗地護持，剩下的，還是要倚賴病院的醫生。那是我第一次感受到，原來神也有無力的時候。

有時我也不禁想要探問，親愛的母親，我們時常看見另一個自己攀附在彼此的肩膀，那些潛藏於內心的記憶，總在尚未意識到之前便於剎那間閃逝而過，留下美好的印象模糊於心，徘徊、罣礙，於靜夜的深處如霧來襲，揮散不去，像是與現實接和的鏡像對立，那些即是妳曾經所看見過的神明嗎？曾經，我也能看到所謂的「神明」示現，在寺裡、在廟裡、在現實、在夢中，但祂們並不直接涉入現世且與我多保持著距離。擲筊多笑，拒絕與否定的少，肯定與贊同亦少，唯有提及是否隨順因緣、做好本分時，才會給出連續的聖筊。

偶爾，「神明」也會在我極度困頓、心思纏結的時候入夢，但總說守本心，應視大起與順遂為魔障，應戒慎、勿驕矜、戒我慢；視大落與困頓為佛因，應精進、勿放逸、增淨信，剩下的便是好好體驗身而為人所應經歷的一切，犯錯也好、痛苦也好、執迷也好，祂們都在看。神明都在看，觀音、王母們也都在看。看，但不涉入。那顆連心痣就像是眼睛，看穿三代，也看穿了三世。

當我多年後因頸椎神經受壓迫，感到刺痛難耐，側身躺在白色木床上之時，看窗外的日頭漸大，手指的末端仍感受不到絲毫暖意，心中潛伏多時的衝突正

1 臺南市將軍區馬沙溝吳姓三房角范府千歲，據聞精通醫術。

悄悄升溫。那一刻，我突然意識到彼時母親懷抱著悲觀臥病在床，也沒什麼不好。會感受到不好，或許是來自於這座過度樂觀的世界所施加給我們的壓迫，較之於疾病本身所帶來的要多上許多。我常猜想，母親的壓力源是什麼呢？母子連心，我應要知曉，但我又並不真正知曉。母子連心，我能感受母親心中的痛苦嗎？不能。我能知其所懼嗎？不能。我能分攤其委屈嗎？不能。

我是個失格的兒子，只能從那些真真假假，時而正常時而顛倒的話語中推測出幾種可能。或許是年輕時，與父親的婚姻不受到親族之中某些人的祝福？或許是婆媳、妯娌抑或姑嫂的爭執？也或許是婚後屢次外出工作後的不順遂？乃至是外婆與外公紛過世後感到的身心無靠？親戚們總說母親吃好、睡好、穿好，諸事不愁，只管活在自己的世界中，如此已經很幸福了，真正受苦的是身邊的人。這是否母親的壓力，我猶然不可知，但明明白白卻是我的壓力。

對於家中發生的一切，親戚、鄰居們大家都在看，也都在議論。我聽得出「吃好、睡好、穿好，諸事不愁，只管活在自己的世界」是安慰，但想得多一點，其實也是一種同情，一種嘲諷。

隨著外婆辭世，母親發病，我離家北上，手臂上的那顆痣慢慢淡化不見。母親當時的著急，是否是一種母子之間斷了聯繫的恐懼？手臂上的連心痣消失了，肩膀兩側卻像不小心於睡夢中滾上星圖般多了七顆大小不一的黑痣。相學有言：「肩上有痣，任重道遠。」失去一顆，返還七顆。一顆若是一世之責任，那麼七世之責任同時降臨在肩上該是需要多大的承受力？星曜之力如何，神祕學自有解說，能承擔著這些走多遠誰也不知道。看著鏡子的自己，我祈願自己能成為這樣的人，像母親一樣的人，曾經受人信賴、予人溫暖；負擔再重，也能扛起來，生活再苦，也能吞下去。

但那也是好久好久之前的曾經。未發病前的母親是這樣，翻著她年輕時拍攝的沙龍照，五官立體、氣質出眾、面容潔白乾淨，臉上一顆痣都沒有。這與滿臉坑坑疤疤的我不同。因覺醜，一日午後，至皮膚科，護理師為我上了麻藥，將臉上新舊幾顆痣一併除去，右眼近鼻梁處的那顆，〈面痣圖〉上常註記為貧困或孤獨，近日痣色轉淡，想是體內世界燭光已希微。左右肩上七顆痣，是在讀碩班最艱難時長出，繁星排佈若圖騰，有人說是斗星護身，然需護身即代表有險，象徵命運將隨時間的流逝而益加深沉，但既無傷外貌，便放著不管。

看著臉上雷射後的皮膚露出大小不一的坑洞，混跡於小時候因不堪麻癢而抓破水泡所留下的疤中。除了初時因微微之血與輕薄的刺痛使我感知到醫生已於電光閃逝間完成除穢的工程，一般時候，只覺得那幾處都是舊的傷口。護理師細心地為我塗上藥膏，囑咐傷口的照料，我卻分心回憶起過去，好似每一次對痛苦的隱忍，總會在某些關鍵的時刻由肉身作主，為日後的辨認留下永恆的記號。那麼那顆手臂上的連心痣呢？它的淡化始於外婆的辭世，它的消失則在母親嚴重發病幾年後不久，有沒有一種可能，是這副身軀知道記憶不可靠——無論是那些美好的或者痛苦的——於是用此方式為我（為它自己）留下線索。

常以為割捨與分離能截斷不堪的源流持續對身心的影響，卻不意在雷射治療同意書上，領悟到現下所欲刨除掉的一切仍有很大的可能潛藏於表象之下。

如野草根，待某一天，無論春風吹或不吹，身心不備，便又會再一次地茁長起來，訴說著所有的造作有很大的機率都只是一場美麗的誤會。誤會，親愛的母親，疾病正在將妳、我歸檔好的記憶緩慢地消磁，也許，當初的我們是如何建立起了連心的緣分，是怎麼樣擁有了共同的記號，都將會在多年之後剩下一片空白。如同某一年，為了完成論文的撰寫，我許久沒有回家，久到妳都認不得我的樣子。

但我相信，那顆肉眼已看不見的連心痣，應該早已化入血脈之中而成為靈魂的一部分，為我與母親架起了一座堅固的高橋，橋墩與橋墩，窗與門，洞穴與通道，成為一種由此到彼的註記。就像那一日，醫生為她開立了疾病的證明，開出安神鎮魂的水劑，申請了殘障的手冊。父親安靜地辦著手續，我與母親並肩坐在醫院午後的長凳上，感知到天地似乎有陽光正聚合成暖流，連結起血管的末端匯入彼此的身心。

彼時的空氣中有安穩的氣味，院區小湖邊的柳條隨風晃著，一瞬間，我彷佛明白了什麼是慈悲，像是得到天啟似的能夠原諒了一切。

原諒疾病、原諒自己、原諒妳，我的母親，原諒一切善惡的有涉與無涉、有心與無心。在彼刻，似乎疾病所帶來的痛楚已與我倆無關，與天地無關，與諸神無關，與業障冤孽與種種遁伏的妖鬼魔障無關。只覺得身心安然，當下的彼此乃彼此的護守，我們相互看顧著，而左手臂上的那一顆痣仍然清晰可見。

※本篇獲二〇一二年懷恩文學獎社會組優勝。

附會

多夢，醒來亦昏沉，汗水涔在身，黏附於額上的髮絲尚未褪去的陰影如一雙自不可知處伸來的手，撫頰、托頷，偽裝寂寞的樣子。復思索諸多徵象的意義——夢中的影像，其片段，對應的是哪一個現實；又有哪一道殘缺的謎題，尚未完整揭露就被要求在醒來之後解開。懷著慵懶，窗在頭頂上，開窗，若拉起圳溝之閘，霎時湧來熱燥的光如有人拿著高瓦度的燈逕直照，留我面對一盆地烈日的質疑與逼問。是日，窗外萬里無雲跡，連風也沒來傳遞消息。

只為一個無關緊要卻時常使我感到焦慮的答案，而那是肝臟捐贈前一年。

和友人相約居酒屋，早入座，看著桌上置清酒的瓷白酒杯，想著生活如謎，想著愛與不愛、前途與犧牲，種種解謎的過程根柢是恆定的懲罰。懲罰有時也是不得不的，不得不試著將能抓的所有東西抓在手裡。不得不地在霧中一杓一杓地將言語、符號的露水自葉尖承接，藉以煮意識的海、平心念之湖，割下我執的肉身如一場大大的催眠。時常在失眠的時刻告訴自己，要慢慢睡著，要無視他人的臆度，成為完美的謎，擁有溫馨的謎底，在說與不說之間。

諸事膠著，博士班研究的議題遇瓶頸，隨求學年限的增加而遞增的焦慮感，加諸於未來求職的前景而更加懵寐。新工作尚無著落，益加封閉的人際圈，學科的不同、眾人的不解、失落的愛，一種孤獨，如從天而降的帳篷緊緊籠罩著我。帳篷的布面是由艱深的學術名詞、待解開的爭議、稀缺的古典材料、屢次被退的稿件所組成，支架則由經濟的蹇困、時間的壓逼、無妄的期許所支撐。

彼時，與交往五年的女伴剛分手，五年之中的風風雨雨自不待言。我雖不願稱它是牢籠，然它的確是我那些年的心結。在許多年後，它一再使我想起食物在煎臺上的樣子，金屬在木臺上的樣子，捐肝時躺在手術床上的樣子。萬事膠著，膠著也不斷帶來一種終究是任人擺佈的焦灼感。為了突破此種焦慮，當我無事可做，當我有事可做但感到無能為力的時候，便試著下廚。

看食材在平底鍋中作響，感到自己若在煎臺旁，心在煎匙下，隨著食材發出滋滋滋滋的聲音。有收入的時候，便奢侈地購入即期帶皮雞胸肉，水分蒸發，油脂逼出，雞皮泛焦糖的色，焦慮感似乎也在滿室蒸騰的煙霧與香氣中稍微蒸散了一些。看著肉色由肌紅轉為蒼白，在調料的蘸染下有了更深的色澤——夕照之雲、玫瑰之岩，那是世界在肉身紋理上的附會與再現。感到能在料理之中對時間的掌控也有一種美，不必然是最後呈現的方式，而在於捉取時機之剎那變化，浸潤與吸收。且目視、耳聞，且鼻嗅、口嚐。

即使我並不真的這麼餓。一間小套房，一個電鍋與電磁爐，時常供給了我一日的兩餐。窮蹇時，一日一餐，到鄰近的饅頭店購買黑白饅頭各一，再到超商向熟識的店員討索關東煮的調味包，胡椒鹽、番茄醬，配合著白開水，一顆饅頭大約也可以供給兩餐的飽度。對經濟困窘的我來說，有滋味，便什麼都能夠吃得下，唯恐飲食和生活俱步入了索然無味的狀態。

時日一久，便連飢餓感也日漸減省，最長達一週，不進食亦不感到餓，只是渴，渴了，便喝許多的水。水能充飢，水的滋味常襯出舌苔上的苦。「苦嗎？」友人問，我則答：「習慣了。」苦久，至多就是無趣。當他人談飲食、娛樂，自己一點也插不上口，我只能談飲水，水也有各般的滋味；他人談日用的品味，我只求廉價與堪用，又在此中培養出了奇異的、扭曲的、不合於常人的美感，並不癡傻地引以為傲，反因明晰此點而常感彆扭，好看的買不起，只好退而求其次。畢竟，我所有的剩餘都在這裡了。

於是時常感到苦與樂的分別，只是有或沒有常住在地獄中。我想起更早，初初由高中畢業，獨自款著行李，執一張自強號的站票，在擠擠讓讓中從臺南站到了桃園，再搭公車晃啊晃地至學校辦理宿舍的入住。那時候苦嗎？好似也不苦，乃因清楚知道自己是什麼樣的出身，就合適什麼出身的樣子。當時的家當也簡單，一顆枕頭、一件涼被，購足基本生活用品，身上並無多餘的金錢可置辦床墊與其他什物。夏日尚可，但當寒流與冬日來時，便著長褲，兩到三件衣服與外套就著冰涼的薄木板睡，冷，但多穿幾件衣服也就不冷了。只是睡醒時，常感到頭疼、腰痠與背痛，時日一久，也就慢慢慢慢找到了與之共處的方法，直到住宿年限已到，不得不搬離學校宿舍，在外賃居，才躺到床墊。

猶記得熱情的房東時常捎來的飲食與水果，使得日子稍微地與「舒適」二字扯得上關係。十幾年來北部的求學生活，桃園、新竹、臺北，好似也這般熬著熬著就過去了，苦嗎？熬著熬著，也就習慣了。苦的是經濟狀態所帶來的匱乏之感，時日一久，也能安於貧，但苦於不習慣的常是人事的纏縛與拉扯。

感到煎熬。靜下來，想著的到底是腦中先意識到現下的景況可為「煎熬」一詞做註解，還是心中先感受到了「煎熬」，使得周身及眼前的遭遇浮出相應的意象。面試完一份無望的工作，下樓，繞到小巷裡，倚著冰冷鐵門，剛拆封的菸一根接著一根明而又滅，靈魂的模樣於手勢揮動間若煙霧繾綣散漫於燈下，濃而漸薄，薄至看似什麼都沒發生過，只留下遮熏雙眼的疲倦感。卻不意看見女伴親暱地搭乘著其同事的車有說有笑地前往吃消夜，本欲追上前，但想起近一個月兩人言語中的刀光和箭雨，無效的溝通與對彼此的不理解，雖然憤懣，但明白此刻的爭執與逼問毫無意義，走了兩步，便作罷，只是難堪。

但這卻為我帶來暈乎乎的感覺，舌頭麻刺，像含著一片鋸齒狀的葉子，此刻若有一陣風，如刀刃，舌狀的葉子肯定會上下劃傷口腔的內壁；若無風，葉片鋸齒，也就靜靜抵著口腔，像是一種反抗，感受著作用與反作用力的施予。

學會抽菸，乃在碩士班時，向出社會多年的女伴所學。以菸草的燃燒換來短暫肉身與心靈俱在的輕鬆感，由外而內，再由內而外的掏揢，是肉眼看得見的靈魂長嘆。紅色硬盒的Dunhill，第一口，淺淺的，下一口，便感到有一隻蒼白的手緩緩地自喉間往胸腔伸，氣味濃郁但流順，於一吸一吐間，肇因於尼古丁對中樞神經的刺激，也確然使我感到內心的焦躁被撫平了。但我並不真的依賴尼古丁，乃因我知道那不過就是催眠，只是短暫的交換。

一包菸開封後兩三個月還抽不完，倒是時常想著，抽菸算是一種技能嗎？當我們用「學會」來指稱一項事物，好似它便對「生存」有所助益，但弔詭的是，對「生存」有所助益的事物，也常會為我們帶來耗損——皮膚的老化、食慾的激增、肺活量的降低，帶來對關係的不確定、焦躁與不安。

當時的愛侶，彼此的相處時常像是燃燒中的菸草、紗窗上被菸頭不小心燒熔的洞，慣習用自我的耗損去回應對方的耗損，又在這般的耗損中一再試圖地為彼此彌補些什麼，好讓雙方都能繼續在這段關係裡生存下去。但這般的努力畢竟太過勉強了，這般的努力只是讓窗溝上的菸燼越積越多，最終成為阻擋在兩人面前的塵埃，厚厚的一堵牆，堵塞了各種溝通的可能。

燒烤場中，友人相約，慶祝其單篇的研究論文在屢投屢退後終獲期刊錄取。我點了一盤炙燒五花肉和一壺清酒，那是平日三餐總合起來的價格。觥籌交錯間，雖為好友感到開心，然飲宴中仍多是聆聽與沉默。畢竟那時距離得知前任伴侶在分開後旋即與他人有了婚約不久，心裡未嘗沒有被遺棄、背棄感。說到底，其實也只是不甘心罷了。看著酒水表面倒映的自己，想起曾經的爭吵時，女伴說：「你也不看看自己是什麼樣子，值得嗎？」我是什麼樣子？

思及此，我不由自主地盯著烤臺上滋滋作響的五花肉看，想著作聲與不作聲，好像也就是如此。被聽到了，只是等著被現實翻面，血水微滲出，肉六分熟度，再翻面，等肉色轉粉。焦灼。再轉粉，然後是兩面的蒼蒼白白。我又想起了父親初次開刀時所切掉的那放在金屬盤上的肝，醜陋的白色結塊。

後來，無論何種緣故下抽到菸，都覺得寡然而無味。

我是什麼樣子？我在女伴的眼前、父母的眼前、兩個妹妹的眼前，我是什麼樣子？貧窮而消極、淡漠而無能、自私而逃避，是一而三，還是三而一？

/

準備南下長庚做評估的前兩天，拿出提前買好的饅頭，用水果刀剖半，入電鍋小蒸。開電磁爐，熱鍋、倒油，將已攪混的蛋液倒入，待蛋汁凝固成薄雲，鏟起。開電鍋，拾饅頭，將蛋夾入白饅頭中，撒胡椒粉，再擱茶包於瓷杯，注熱水。平平淡淡，日復一日，好長一段時間就是這個樣子。與蒙受饑饉者相比說不上匱乏，與穩定受薪者相比也說不上富足，但至少有得穿、有得食，有一身器官仍在穩穩當當地運作，即使如此，仍使我感到焦躁。

想起抽屜中放了兩年多的菸盒，從中拿起了一根菸，咬著濾管，點火，再點火，深深地吸了一口，再一口，一根，再一根，受潮而變質的奇異氣味使我感到無論開口或閉口都浸潤其中，尼古丁與焦油的刺激仍使我的舌尖感到有微微的麻痹，像再次含著一片鋸齒狀的葉子。是寬撫嗎？或者也是一種威脅，在無人時開口，害羞時閉起。那會是什麼？肉身官覺所指揮的狀物賦形，含羞草，咬人貓，亦或者是看起來帶著尖刺的迷迭香？

無論是什麼，看起來尖刺但柔軟的舌頭，終究還是變成了一片麻刺的葉。

暈乎乎的，在腦海中搬演這般好超現實的畫面，也是好現實的畫面。著好襯衫，躺在床上，將身體微微蜷起來，像一支塞滿廉價菸草而被高價販售的菸，給精神疲憊的人抽、焦慮的人抽，輕咬在口，給童時腦海中的瀟灑、大人的想像與未成年的禁忌當媒介。香嗎？不知道，有時候覺得是臭，更多則是難以言喻的氣味，像生活中某些難以形容的狀態。

後來，為了父親而動了捐肝手術，全身麻醉時，聲帶軟骨因插管脫了位，清醒後，醫師予我在口中噴灑的疼痛麻醉劑，使我感到竟也隱約如抽一根變質的菸。手術臺上，全身麻醉時，我也曾想著抵抗，想著挑戰，但連「三」都還沒數完就失去了意識。清醒後，的的確確感到全身都散了，連同聲音也如煙四散。吞嚥即痛，發聲極苦，像漏風的氣球徒然對著虛空呼呼地吹，又似露出水面的魚，魚嘴開闔，有聲亦難辨，有氣也是對大化的回歸。

什麼都吃不下，飲食無味，人們說鱸魚補身，但我腦中所想的卻是充滿脂香的五花燒肉、焦糖色的帶皮雞胸。醫生來叮嚀，膽囊割去了，油膩之物不可多食，我遂以為自己會瘦得像早餐店店員手中那把扁平的鐵鏟，但最終才發現這是天大的誤會。

無膽，不能說話的日子，試著說話但他人無法領會的日子，此前是如此，將一體之豐饒捐出大半給父親的此後亦是如此，甘於成為沉默的器官。然而過往那因寡飲食而枯瘦的身形，卻在住院期間像不斷被灌著風的氣囊，鼓鼓的、脹脹的，帶有些近似於幻覺的結實感。像一串甫烤好的荖葉包肉捲，即將被他人送入口中。油膩，脂腴，一晌貪歡，但多食則膩，不被人愛。

仔細想想，這大概才是使我不斷感到焦灼的原因。

神意

書櫃裡，一方盒，滿是母親剪下的報紙一角。八〇、九〇年代的報紙副刊，刊頭常有一到兩句外國作家的名言佳句。短如箴言的摘取文字，對母親而言是人類無窮智識的濃縮，如菜根譚、靜思語，如勸世靈文、處事格言，是應對世事的指引、呈映萬有本質的明鏡，是較入世、較易懂的經文咒語。

紙盒輕，搖晃起來如寺中的置籤之桶，收納著被裁剪得整整齊齊的紙張，彼此間疊疊復疊疊，似萬有的心念於一盒中展佈屬於它們的大千。油墨文化的岩層，是母親對文字的敬慎，也是眾多人意在取出與置入間恍如神意的原因。

小學五、六年級，放學，手持杏黃色的路隊旗，別紅臂章，領著同路線的同學回家。當時的身形豐腴，總像一顆流速最快的水珠，盈飽、繃圓，在被夏日夕陽照得亮晃晃的金光大道上為後方其他水珠開路。當季節入秋，近冬，天色晚得越來越快，肩上的書包也越來越沉，若一顆流星被杳不可見的心思給投擲著又拖磨著。隨著熟悉的友朋在路上如慢慢薄淡的水氣消杳不見，家家戶戶烹飪晚餐的氣味自巷弄兩側夾擊而來，返家的這最後一段路充滿了寂寞感。

想回家，不想回家。懶得擲旗時便將其插在書包的隙縫，看地上的影子如廟會裡插著旗幟的神偶，搖啊晃啊，走啊跑啊，便也有一絲寂寞的威風與神氣。

獲選為路隊長那天，抵家，隨手將書包、旗幟和臂章放在客廳的地上，母親見了，沒發怒，只是招手說：「去把手洗一洗，來幫忙做加工。」接著將那面路隊旗撿起，放入玄關前那用金漆印著「老山沉香」的香筒。香筒裡，除了旗子，也放著各路神廟的進香旗，筒中薄淡的沉香氣味竟日熏染著旗桿與旗面。我說不要亂放啦，對神明不尊敬。母親回：「放在地上難道就比較尊敬？」我喃喃著路隊旗和香旗不一樣，母親云：「攏仝款啦！」

一日晨起，我見母親上香，和神明禱告，願靈兵神將能隨那面三角路隊旗護我上下學平平安安。母親轉身向我說，掌旗者就是將軍，你要負責你的隊員上下學平平安安，這使我感到上學就像求道，有它的危險與艱難。我常感到數學甚難，母親則說我尚未開竅。

小時候，母親常跟隨著神廟中的師兄師姐們上山下海，著白衣、繡花鞋，領旨、接法寶、轉靈臺，我問母親這是在做什麼？她說上課，早日完成功課就可以早日回去。「回去哪裡？」「回天上啊！」「那我呢？」「你也是天上來的。」「神明也要算數學？」「要，算因果、福報和業障。」父親說母親太著迷了，但母親說做這些都是為了這個家好。

大抵，家中眾人總合起來的福報少、業障多，家窮，但父親的收入仍勉強供得起我與妹妹三人讀書。租來的房子，一室是父親的工作室，擺滿了各種珠寶加工所需用到的檯具和器械，母親的加工廠則在客廳，加工的物件或是紡織或是玩具，一件毛衣三、四塊，玩具加工一個一角，十個一元。我與妹妹們最樂於幫忙的莫過於將餅乾裡的小贈品——貼紙、塑膠玩具車、小漫畫書、立體拼板、尪仔標——加工裝袋，拿給母親熱壓封口。

邊做加工，邊看手中《老夫子》、《小叮噹》、《三國志》的袖珍漫畫書。當同學們玩著掌上型電玩、看著租來的漫畫小說，我和妹妹則玩著這些即將被裝入餅乾袋的贈品。那時有天真的驕傲，覺得不用花錢就可以拿到贈品是多麼神氣的事。

然而每每去到同學家，看著各種電視、電腦、掌上型電玩，總像是劉姥姥逛大觀園，感到驚奇、羨慕，但鎮定。定要表現出「這玩意兒我懂，只是平常都在讀書」的模樣，當同學詢問「要玩嗎？」總是客氣地拒絕，說看你們玩就好。實則怕出糗，怕被看穿對這些什物一竅不通，怕被嘲笑、排擠，怕玩壞了賠不起，這是我的盤算。於是時常只是看，只是陪伴，如此，也感覺自己像是有參與到了，知道接下來的關卡會發生什麼事，知道破解的方法。上學時，能夠參與同學們的話題，偶爾嘲笑一下他人打電動的技術。有得看，這樣就好。

我曾試探性地詢問母親，若成績進步的話可以買遊戲機嗎？母親問多少，我答一兩千。她回這麼貴哪買得起，學費都要跟人借了，別想那些有的沒的。我心想，妳每個月繳給神明的錢這麼多，我們家的日子也沒有比較好過。

一日，母親拿了一百塊，囑我去巷口那間柑仔店買蛋，彼時蛋價一斤十五，母親說買一斤，剩下的找零讓我買玩具。我在店門口挑來挑去，看中了一臺外觀酷似任天堂 Game Boy 的俄羅斯方塊遊戲機。包裝蒙塵，標價一九九，老闆娘問我是楊師姐的兒子吧，這樣連同那一斤蛋八十五塊就好。我一手拎著蛋，一手拿著遊戲機，心中有一絲滿足，返家的腳步也愉悅了起來。想著母親當神明的學生，我也是有好處的。

即使，我也清楚地知道掌中的電動只是功能單一、廉價滯銷的贗品；即使我回到家後發現包裝的背後貼著另一張小小的舊標籤，上面寫著特價四十九。

方塊的降落，看似變化萬千，有方塊工整如麥塊，有L型如鋼骨、如橋面、如臺階，有筆直的長型如旗桿、牆壁，相互組構連線而得以取消，後來想想，這大抵即是最初的意象練習。無論失敗也好，過關也好，最終取得的只是由「消失」所換得的積分，然後呢，然後看似變化萬千，實則一成不變；似有所得，然而實無所得。

像是協助母親做代工時那眾多摺成小冊的盜版卡通漫畫、廉價塑膠玩具，似豐饒，實則都是同樣的內容；像母親在靈修者口中考覈的聖地，一下車，喃喃著：「腳踏西岐城，封神榜上留我名。」擺起靈駕，汗涔涔地似過了關，但日子一樣艱苦地過，師兄姐只會說這是上天給予的考驗。

年紀稍長，步入職場後，突然能夠理解起從前那些「付出便能得到的」其背後的真義。電玩藉由「連線」得到積分，工作藉由「完成」獲取金錢，路隊藉由「送別」牽繫情意，修行藉由「奉獻」得到資糧，彼此之間看似連通，實則本質上都是遞滅與取消，這理應才是那冥冥之中昭昭的神意——萬有都在流逝之中成就自己。

身為「母親」此一角色的母親，常告誡我生活就是在不滿足中學會滿足，期待自己不平庸裡接受平庸；身為「神明學生」此一角色的母親，則會在書符畫篆的時候對我開示，說敬字如敬神，字是天地的靈魂，如裊裊煙篆、如沙盤靈文，能讀書、能識字是莫大的福報，要珍惜。

文昌在你的財帛宮，是身主，母親說，字能抵禦一切的消失。

能夠勉強抵禦消失的，還有那些物——方盒、旗子、塑膠玩具——那是相對永恆的持有。時常在晚間，寫完作業，母親會攤開報紙，於滿是注音符號與卡通圖案的摺疊桌前帶我朗聲將副刊的文章讀過一遍，復又指著報紙一角的格言解說。拿起針車旁的剪刀，將刊頭上的名言佳句剪下，放入集句盒中。我問母親為什麼要這麼做，她說留下別人寫得好的句子，也是貼近他人思想的方式。

母親年輕時也有寫作的夢，但說自己學歷低，不會寫，只會讀，婚後為忙碌生計與家庭，兼之於後來踏上靈修一途，閒書越來越少看，平時多誦佛經、道經，多讀鸞書與善書。

「入世的文藝的夢，就留給報紙的副刊吧。」她說。從小，家裡務農，七、八個小孩，人口浩繁，自己排名最小，又是女生，想繼續升學是不可能的。國中畢業後便至紡織廠當女工，與阿姨、舅舅們在佳里鎮上合租房子——畢業、工作、結婚、生子，又再回到家庭——倏忽之間，二、三十年便過去了。從文藝的幻夢中醒來，走入現實，再走進宗教修持的幻夢中。母親說六、七〇年代，書價雖廉，但收入有限，不若一份報紙取得方便，讀報是「做小姐」時養成的習慣，這個習慣從「做小姐」的時候延續到了「做媽媽」。

母親又云，有夢都是好的，最怕的是活得沒有目標。夢是當現實遭遇頓挫時的棲居之處，於夢中投入心神，現實會有相對的興驗與償報。當她說這些話的時候，真的像極了「文藝的神明的學生」。母親希望我繼承她的習慣，拿了一本筆記本給我，囑我將在報紙上看到的名言佳句剪下來，做成自己的小書。

但我生性懶散，執行個幾日便放棄，乃至一度自母親的集句盒中竊取她裁剪下來的句子來貼。或因我形跡鬼祟、演技拙劣，或因母親耳聰目明、羅佈神通，每每要偷竊的時刻即被發現而免不了一頓藤條的打——打不誠實、打壞念頭、打我答應了她卻失諾。母親說打我的時候她的心也會痛，我一邊流淚，一邊想著「文藝的神明的學生」也會說謊嗎？此前的母親才因奉獻了一筆金額不小的錢給宮廟的老師，與父親大吵一架而已，我怎麼沒看她心痛過。

是打我的時候她的心會痛，還是前一刻父親責怪她的時候她的心在痛？母親說你們不懂啦，凡夫俗子沒有開竅，我做這些還不都是為了這個家；參與法會、普施濟眾、捐磚資糧之種種，還不是在幫你們累積福報。聞言，我小聲地說了一句「福個屁報」，她歇斯底里地走進我的房間，將那收藏袖珍小漫畫與玩具的盒子連同俄羅斯方塊遊戲機一併拿出來丟棄在垃圾桶裡。

她說，就是這些玩具使你分心，才會考這種爛成績，就是這些才會讓你變成一個目無尊長、自以為是的人。我怒極，看著母親放在櫃中的集句盒，也起身將其取出，丟在垃圾桶裡。

原本在客廳沉默看著電視的父親，見狀，抄起了藤條，氣沖沖地往我的大腿鞭了好幾下，要我跪下向母親道歉。母親走了過來，默默地撿起了她的集句盒走回了房間。父親要我面壁而跪，跪到母親願意原諒我為止。就這樣跪了一個多小時，含淚看著壁上的騎龍觀音像，心中想著的是大慈大悲觀世音救我。然而，在觀音低下頭來之前，母親便先一步打開了房門。她看了看我，又看了一眼壁上觀音的畫像，像是在聆聽觀音的聖示。

她說：「觀音說要給你一個教訓，祂暫時不原諒你，但我原諒你。下次不要這樣了，聽到了嗎？」聽到了。「妙音觀世音，梵音海潮音，勝彼世間音，是故須常念。」畫像上寫著這樣的文字，我聽到了，但觀音不知道有沒有聽到我的求救，母親倒像是聽見了觀音的回覆。

晚間，在房裡，母親向我道歉，但也要我控制自己的脾氣。眼前的一切，使我感到剛剛彷彿只是一場比較長的惡夢，初初自惡夢中醒來，汗流浹背、淚流滿面。我自垃圾桶拾起收藏玩具的盒子與遊戲機，其上滿是廚餘、穢物的汁液，索性也就不要了。母親見狀，怒意又起，覺得我在耍脾氣，我連忙解釋，它們髒了，我不想要了。母親回說你就不要後悔。

她拾起地上的藤條將其放入了玄關的香筒裡，並將集句盒放在香筒前。開燈，白熾的燈，藤條、路隊旗與香旗三支柱狀物的影子投射於一側潔白的牆壁上，看起來就像一爐之中三炷香。我心中篤定，我自始至終都沒有後悔，髒了，我就不要了。

後來，藤條隨著我日漸長大而退出家中，香旗則在一次遷居後被遺忘在舊家，那面路隊旗則在北上讀大學前整理房間什物時丟棄，唯有「老山檀香」的罐子依然留著，只是插滿了香，成了香筒。多年後我才發現，母親仍將那收藏玩具的盒子及遊戲機清潔後收了起來，與她的集句盒一齊收在床頭櫃的深處。

那是她離世後少數留下來的東西。

水問

沿著溪畔走，體內有一絲冥杳的安穩如厚實的掌貼放在荒躁的心上，亦有一般多的次數，那一絲安穩於轉瞬間形象皆萎、風行即逝。

午後微陰的空中，細碎的雨珠如煙塵般落了下來，其態勢若枯葉初落，緩慢、遲滯，像某種不願被帶走的心緒。彼時，喧嚷的一切，都被這雨幕隔離開來，彷彿上天在為我示現何為城中化城，大音希聲，我遂成為了當下這十字路口上一個什麼都聽不見的人。隔絕聲響，許是為了使我看得更清楚行人們的神情轉變——悲傷、期待、喜悅、茫然、疲累、憤怒、木然——一切雖皆與我無關，但卻令我產生了錯覺，彷彿我就是他們的一部分。

我亦能夠感受繁華都市潛藏於時間流動中的固執，其痛苦依附著老舊而傾塌的建築而生，就像我不意染上的風寒，總在夜半加劇，若有人在喉管鼓動破舊的風琴，嗽嗽咯咯；若有人住在胸腔之中，以為靜默是啞，宥諒是聾，只是凝視著遠方，作為命運的抗爭，輕易地引來頭疼與心痛。

痛如那年的一場地震，震垮了表姊一家的命運。

搜救隊的速度隨著黃金救援時間的快速消逝而緩慢下來，一如湍急的河水驟然乾涸，使我在得到消息時有些不知所措。災難發生後，連夜趕到指揮所，親友證在胸前被冷風吹得不停打轉，上面是我親手所寫下表姊一家的地址與座號，祂們的所在不斷敲擊著我的前胸、心上，反覆叩門，如一種感應。

竟夜，我和大妹只能狼狽地坐在指揮所中，竊取情報似的暗自記下無線電裡傳來的每一道響聲與雜訊。白板上，搜救進度的更新，使我感到自己更接近祂們一些，只是無論再怎麼專心地聽，救難人員的口中始終沒有一個字提及祂們的名姓、特徵，乃至於是大樓傾倒後，歪斜錯置的樓層中祂們真正的位置。

遺體一具一具自墟址中被搬運出來，一旁焦心等候的人們，急急湧上前去，確認是誰家、誰屬、誰的親人。現場的亡者若川流，往生者來，生者則像是一口又一口的湧泉被簇擁在其中，旁人的呼號與淚水則為我積壓已久的情緒更添上一些黏膩的濕意。我像湧泉旁的石頭，石上因長久的等待已生青苔，然而表姊一家還未出來，一家四口，仍在生死門中，差回到陽世的一腳。

盯著頹倒的建築與來往的人。眼界近處，有疲憊心焦的家屬、靜默陪伴的佛門兄姐、暫時休整的救援隊、好奇圍觀的看客、接受採訪的官員；遠方，則傳來歡慶新年的爆竹聲響，一聲響過一聲，煙花一朵綻過一朵，彷彿告訴著我們，眼前的一切只是荒謬的鬧劇，內心的焦灼與悲傷是不合時宜的。為了掩蓋爆竹的響聲，我將左手的錶舉至右耳，耳廓緊緊貼著冰涼的鏡面，聽長短指針規律地走著，答答答答，若穩定的節拍器襯著雨點，也像是回應我心中的祈求，一個允諾與答案。彷彿只要專注地聽下去，時間就會為我慢下來。

只是當我想避開休息區內返潮的地板與壁面，擺脫無謂且黏膩的情緒時，卻總還是避不開南風天以及突如其來的雷雨威脅在骨膜間發痠所帶來周身的疲倦與睏覺。我想繼續聽下去，我的右耳聽的是時間的鏡面，左耳聽的是苦難的人間；一邊建立規律，一邊逐漸失序。只能估量在合適的頓點，讓自己融入四周的音聲，習得一種或多種腔調，聽時間說話、和時間說話。

當我尚未得到祂們的消息，緘默便多汲於觀察，領會旁人的喧囂、謗毀、悲傷，乃至於是無意義的呢喃是如何一腳一步、一聲一響地走向虛無，又自虛無中托生為雨，像上天終於為此悲劇落下淚來。觸石為泥，成為潮濕的土壤與壞下之河，使我們這些滿腔悲傷與盼望之人皆成為橫渡苦海的舟，使我對世界多一些寬容，叮嚀自己，與表姊相會前，不要開口，不要攀緣，不要忘記理解，不要丟失最重要的溫柔。

「沒事了，此後皆將無苦無痛，最難堪的時候都過去了。」雙口合十，對著每一具自墟址中運出來的遺體心中默禱。「如果可以，也請照引我的家人，把祂們帶出來。」錶上的時間隨著搜救的速度漸停止，第三天了，傾倒的建物於茫茫水氣中更接近於一幅畫，耳邊仍不時傳來遠方年節煙火的炸鳴聲與宗教團體的誦經聲。眼中則是屢屢盤旋而過的鴿子、傾倒的橫梁、橫梁上四處奔竄的老鼠，以及墟址中偶然閃爍的光束，於我言來，這些都是一種暗示。

在即將宣布停止救援的第七日凌晨四時，於建物坍陷至地底下兩層樓處的狹仄房間中發現兩個侄兒的身影，祂們的屍身因泡水而浮腫，面目難認。隨後在是日的七時許，表姊、表姊夫兩人也相繼被救援隊自地底帶出。那日午後，我獨自持傘站在離殯儀館不遠處的一座橋上，橋下的溪水被強風吹得波鱗盡現，一隻白鷺在水中，淡然而平靜地站著。想著這幾日多雨的天候，想著鷺鳥一身純白，灑落罣念，彷彿是向我開示：一切消逝的，也都是一種保留。

「放下罣礙，朝光源走。佛祖在前，菩薩在後。」坐在殯儀館的震災紀念廳中，靈堂上羅列著罹難者們的相片，前方的桌上擺放著亡者的遺物以及家屬們為亡者準備的信物，在一聲聲不斷播放的佛號中，桌上擺放的一切都似乎擁有了靈性，有其各自想要替代主人表述的心聲。

土塊、血跡、髒汙，是活物，也是罹難者們捨下肉身後在人世最後的痕跡。我左手掌著佛經，右手拿著筆，然因思緒的紛雜而跟不上大夥的誦念速度，只是下意識地在紙上畫著大小不一的圓，像數數，又像是在為什麼畫下句點。初時，我以為那只是內心企欲圓滿一切的象徵，卻在法會結束後，頓覺它們更像是被斬斷的人首，令我感到驚恐與疑懼，一如那座地震發生時便應聲倒塌的大樓，至今仍不時在我的夢中浮現，其形象甚至在我的腦海中牢固了起來，永遠都是毀掉的樣子。

頹壞的房子中有一破口，像巨大的冥陽之窗，我知道祂們在那裡。我知道在地底的二米深處，祂們只是睡著了，還來不及醒來。

那是表姊一家在人世最後的位置。家祭結束後的第六天，祂們齊齊入了塔，有了新的家，祂們團圓，殘破的身體與心靈在禮儀師、化妝師與諸天菩薩的護佑下被漸次修補完整，靈性被各方善念給充盈；祂們留下的記憶與形象，則深植在我們這些兄弟姊妹、親戚朋友的腦海之中，成為新淤之洲、琉璃之島。我相信不久便會有一棟嶄新的大樓，依著親友們的思念與善意，在彼極樂之處被重新建起，安穩堅固、不動不搖，而祂們就在裡面，我知道，當我想念祂們一次，放下祂們一點，祂們的身心就會更完整一些。

祂們會成為佛經中所云那心無罣礙、無有恐怖，遠離顛倒夢想的那種人，祂們會成為壞掉之後反證空性的那種人。而後，我回到臺北的賃居處，站在狹窄且老舊的浴室裡，任蓮蓬頭噴射出的水柱自頭頂衝擊而下，思索枯葉般的生活是如何艱辛，彼時稍能安撫我的，也只有這因熱水器的老舊而乍暖還寒、溫度不定的水了。世事如此，人情如是，北處盆地的氣候總在關鍵的時刻轉涼且冷，使肌膚以及隱身其內的靈魂皆不自覺地顫慄起來，隆起成片的小丘，一夫當關，在體內的各處關竅蓋起一座座微而圓潤的碉堡。是為了要抵抗什麼？

看泥水沿著身軀順流而下，面對自蓮蓬頭中射出的萬把長箭，揣想每一支都是年輕時對人世射出的探問，如今歸來，想是為了重新鑄打我身，融入這些年，它們自虛空中所尋得的答案吧。

然而，即使水氣常盈室，淋漓滿身，卻仍沒有一滴足以穿透靜默，回應我的心音；沒有任何一箭，能夠鎮撫生活裡的躁動與不安。這使我感到有些哀傷，知覺自己竟像是窗外那一陣暴起暴落的風雨，不知該往哪裡去。憶及《楞嚴經》

中，賢護菩薩曾言其悟道因緣曰：「忽悟水因，既不洗塵，亦不洗體，中間安然，得無所有。」塵無自性、體本幻有，假若真是如此，那麼肉身之壞與不壞、好與不好又有何差別？

於我而言，此身是泥，泥塑此身，泥水帶走的不只是表姊一家四口的生命，也帶走了我一直以來所自以為的佛理通達，還我一身的愚昧與障礙。

大雨傾洩後的夜晚，溪畔的小徑上出現了許多蝸牛，三三兩兩沿著白色的漆線緩緩前行。不斷往前走的，除了時間，也僅有自我身旁久久掃過一次的自行車的車光，而其隨瞬留下的陰暗，終究還是與我恍惚的心神一同附著於薄透的蝸殼之上。感受彼此體內皆有青色的血液於皮肉之間鼓念、躁動，思及人生中各個階段的種種進程，夾藏於此間的人情與孤獨感的危悖，在在使我感到惶惶無助，一身的憤躁無處可發，亦無因由、無對象可發。

前方幾步路的柏油上，領頭的兩隻蝸牛已殼破身亡，身上除了車痕、鞋痕，同時也仍插著蝸殼的碎片，小而銳尖，一隻蝸牛就像一束叢生的亂草。越往前走，恍惚間，似亦一束一束地往我茂長而來，若青綠色的火球，以此燐命為我照亮前方路，訴說著天地之大，好不容易得到一個蝸殼可以容身。天地之大，卻亦盡是無限哀戚。

只要稍有不慎，護衛我們的，也終將反過來傷害我們。像我在災難發生前即懷抱著的巨大疑問，關於自身，關於活著。

即使如此，菩薩的教法仍時常在心。將蝸牛細碎的屍身移至一旁，驀然想起那棟坍塌的大樓，想起大樓曾是表姊和表姊夫一生辛苦攢聚的家，便在蝸牛的屍體旁，用樹枝在泥道上虛畫了一個圓圈，撒下隨身攜帶的金光明沙，誦大日如來光明真言七次，祈願往生西方極樂國土，立下願來。

初願自己能常懷溫柔，能成眾生心靈的安頓之所。再願自己能明白所謂這種人與那種人、善惡邪正等一切分別，不過如一念起轉，如水因，既不洗塵亦不洗體；如我於災難現場不小心撞壞的那只錶，一切凝止，都是後來的援續。三願此後的生死感悟都在圈中，每一個圓圈都是起點，亦是終點，安然圓通、住寂然中，生死本來就沒有區別。

※本篇獲二〇一八年第八屆全球華文文學星雲獎人間佛教散文佳作。

回家

母親喜歡在午後獨自到安平遊晃。在延平街上買蜜餞，在劍獅埕的小攤尋找可愛的物事。有一段時間，她異常著迷於封面印著卡通圖案的戳戳樂，一洞二十元，三洞五十，以指戳開薄得像雲層的彩紙，打開摺疊復摺疊的紙條，憑獎項的號碼向老闆兌獎；也常自小販處換得一些質地粗糙、成本低廉的飾品、模型、公仔、陀螺，偶爾，還會有一小包老闆額外贈予的汽水糖，抵家後，炫寶似地拿給我看。彷彿只要戳破花色鮮豔的薄紙，手指探入一格又一格的洞中，摸索、拈取，無論最終換得的獎項為何，對母親來說都是驚喜。

也非藉此回味童年，而是有一部分的她，記憶、智性已然回溯且停滯在其少女的時代。自十幾年前的思覺失調始，似乎便有一套命運承轉的邏輯在她的腦中獨立運作，表現在其口中的是冤債因果、虧欠償報以及對於虛空的喃喃自語；在其腦海裡的，是不斷分岔開來而又能夠相互補註的想像，有屬於她獨特且完備的世界觀。有時與我們有涉，有時無涉，有時腦海裡不斷浮現年輕時的記憶，將其誤以為是昨日與當下。

或許，這也為母親帶來了些微困擾。翻開相簿，年輕時的她在照片裡極瘦、極美，擺起姿勢亦是一副明星模樣，如今卻是一少女的靈魂住在老邁的身軀裡，肩寬體壯、滿頭白髮。我常猜想，當母親晨起對鏡，她也會驚異於那宛如一夜劇變的蒼老長相嗎？

這才使得她常從安平老街的小販與店家中，將各色項鍊耳環玉珮、棉麻材質衣袂飄飄的衣裙、飾有花朵的藤編涼鞋、編有如意中國結的吊飾、鎏金襯銀絲的銅製檀香爐、造型殊異的玻璃杯盞等一件一件帶回家，將和室妝點得明燦豔亮。童年，曾與父母到一處僻遠的宮壇，神明在裊裊香煙中降駕乩身，論起今生與前世，說母親上輩子是玉帝疼愛的仙女，下凡乃是為了歷劫、償罪的。

我在一旁翻著善書，看彩繪圖樣裡漫天飛舞的天女們也多是青春年少的樣子，想著母親的前世大抵也是如此纖塵不染、高雅脫俗，這才會在轉世後也將那一份空靈帶到今生，將天庭的擺設一件一件重現在日常的家居裡。

那麼我呢？上界貶謫仙女的兒子，多年後離開她的身邊，揣著對未來的想像獨自北上，求學、工作，當內心感到焦躁時，便拿起塑料袋握在手裡。捏，鬆開，捏，再鬆開，反覆幾遍，一片海岸夾雜潮聲的推移造境便在耳邊與腦海中成形，想像南國岸邊的海潮聲將會為我帶來母親的消息。當我想念海卻看不到海的時候，這是最廉價、簡便的方式了。想著這手中的無機物因受力而緩慢地攤開來，像在呼吸，短暫擁有了生命，便感到有一絲寬慰。彷彿我是諸天的神祇，我也能自在掌握著萬物的生機。

但又旋即會感到悲哀，乃因手握塑袋的自己不也酷似塑袋的化身？周遭常有環境來壓迫，似乎無論再怎麼努力，都永遠不夠。其褶皺，如躁動後凹凸不平的地殼，平放在桌面，此處是山脈，彼處是陷谷，那裡是丘陵，這裡是臺地；立起，又宛若透明的漆塗在粗礪的牆上，顯影出錯綜複雜的網絡。是網絡，也是病理的切片，更是我賃居處的床鋪邊那一整面罹癌的牆壁。

櫥櫃中，收著母親自南方寄來的信，信中一張明信片，正面是濱海公園的夕照。媽祖塑像高高聳立，迎向隱去一半的暮日，晚霞如綾，若少女默娘的衣袖往天邊甩，標誌出此處是母親思念兒子的伊始。背面，只見母親用紅色的簽字筆寫了「兒子不賴嘛，出人頭地！」等九個字，那是今生母親對我的肯定，抑或少女母親對我的鼓勵？乃至，是前世的仙女母親現身來為我預言？一個皮雕的鑰匙圈則壓在明信片下，皮件上烙刻了我的偏名——嘉新，這是母親在安平老街上購回的，要我隨身帶著。她說：「帶著，保平安。」

我想起有人說名字是回家的路，當我還小，便時常在住家旁的巷弄間迷路。父母曾請命師為我卜算一生大運，說少年大難，中年顛簸，晚年稍有財利。命師說，若能在本名之外再取個偏名那就更好了。本名是身分證上登錄有案的名字，偏名只在親朋好友之間使用，大限遞轉間，兩個名字的能量能夠相互承轉，就像大王蓮巨盤般的葉子那樣，足以穩穩托住所載之物。

三十幾年過去，偏名是否真的為我帶來了不可測知的生之力量我仍沒有答案，畢竟尚未北上前，性格本多抑鬱，感到諸事徒勞；北上十餘年，雖遷徙於桃園、新竹、臺北三地，看似有方向，大多時候仍感到悽悽惶惶、窘困迷惘。由此觀之，諸此種種也算應了命師對我三十歲以前的判斷，三十歲以後如何如何，我不敢猜想。或許我被托住了，被自己的名承接而不自知，也或許沒有，乃因有更多的說法及神異的佐證，是生命終將結束於四十歲前後的關卡。

返鄉前，與房東商量處理壁癌的問題，他說老房子了，壁癌難免，刮刮補補就好。邊說邊熟練地拿刮刀將剝落的殘漆清除乾淨，擦上兩到三層的防水塗料，與我相約兩週後上批土，再隔一週上防水漆。如此，即使牆面有些不平，但至少比原先的美觀多了。木柵山區多水氣，正常的，他說這棟房子是父執輩買下，這些年交給他管理，自己修修補補，學做水電、泥作，反覆實驗、研究，也算是擁有了第二專長。

他說自己也還在存錢，希望可以買下屬於自己的家，感謝我要搬離了還願意為下一個承租的人著想。我說：「不會，房間看起來明亮、乾淨，才比較容易租出去。」

房外的長廊若濕地，日照與大雨似潮汐往而復來，一個個年輕人住在日漸老邁的出租房裡，一間又一間的套房若精緻的蟹殼，殼上貼號碼，每個人都有屬於自己的編號。這個殼在接納我之前也有屬於自己的傷心，接納我之後，在每一個靜謐的夜裡，理應也仍然持續地低泣著。點開通訊軟體的群組，五樓之六室李同學、六樓之十室王先生，隱身於一個又一個的帳號裡，依樓層排列，有對屋況的報告、水電催繳的通知、忘了帶鑰匙而被反鎖門外的求救、消防隊要來摘蜂巢需有人留守的徵求，看似喧雜熱鬧，實則大多時候都無人在意。

如我丟棄在垃圾桶中的那張平口塑料袋。當我寫好給同事的感謝卡，裝進信封，輕薄的塑袋便失去了作用；當我買下一盒戳戳樂給學生們當遊戲的彩禮，那印刷著卡通圖案的薄紙留下了被掏捨之後的空洞，張開嘴，卻什麼話也沒有說；當我即將離開這日漸薄脆的殼，看著它的編號再也與我無涉，它也失去了曾經的作用。

我曾好好地對待過它們，而它們也曾好好地護衛著我，使我不致汙損，能有所安頓，即如戳戳樂中的商品，即如父母所為我挑選的兩個名。然而不知道從什麼時候開始，逢年過節與親戚們相遇，長輩也開始只稱我的本名，而不喚偏名了，此中似有一種由親至疏、由近而遠的距離感在生成。

是離開臺南太久了，久到一回去，大家都老了。久到每次返鄉，陌生感便增多一分。久到老家附近的坡地，曾滿是菅芒、少無人跡的重劃區，如今卻已蓋滿連棟的透天別墅與豪宅；久到曾經擁擠逼仄的眷村，已成偌大的運動公園、捷運轉運站的預定地；久到十幾年前離開臺南時，漁光島、神農街、海安路的聲名不顯，集飲食、百貨、遊樂於一體的中國城還屹立在中正路尾，不意如今其舊址卻成為了以城市潟湖為概念設計的親水廣場。

熟悉的事物紛然遷變，只有濱海的公園仍恆恆在彼，只有公園裡花崗岩的默娘塑像恆恆在彼，只有宛如護法的億載金城與安平古堡恆恆在彼；只有我父所購之四十餘年的老舊小公寓恆恆在這裡。成為這邊與那邊的相對，一城市的中心與邊陲。

即使，當時已經做了決定，仍常想著返鄉的選擇是正確的嗎？從一座瀟灑時髦、步調緊湊的城市，來到古樸安靜、變遷更大的城市；從充滿挫折但仍努力拚搏的地方，回到同樣充滿挫折但一切皆得重新奮作之處。我不知道，雖萬事已然處理完畢，但仍有些徬徨。

返鄉的因素之一，乃是考慮到年邁的父親與母親，我的母親，好似也擁有著一南一北兩座城市的不同性格。時而是古老的魂靈顯應在身，樸拙、嫻靜，篤信自己已洞明世事的因果，對於一切現象有其專屬的解釋；時而則是愛美的少女，看見可親可愛的新奇之物，心嚮往之，有其時髦、活力，常感快樂，沉浸在自己構築之美的世界；時而又是暴虐的仙王，以正道之眼看待一切的歪斜，使得關愛有時成為迫害，叮嚀成為了威逼。一切種種，雜揉了西洋童話與佛道仙靈、現代摩登與中國古典。

離開臺北的最後一晚，在河濱公園慢跑完，躺在長椅上，望著漆黑的天，聽八方的風聲與流水聲接續不斷，呼呼吹來，引起草葉的騷動。「返鄉的選擇是正確的嗎？」腦海中想起多年前望著夕陽若有所思的母親，眼前卻看見遠方的烏雲正醞釀著雷聲。雷聲未顯，閃電先來，像有人疾疾戳破了雲層，天女的銀手指浮掠在眼，正準備打開我摺疊復摺疊的心事。

我起身，若躲避稽查的違停攤商，款著一身粗劣的贗品，只想著快跑，快跑。雷聲已至，暴雨尾隨，虛空中似有人攤掌復緊握，我像被遺棄的塑料袋、空袋的紙盒。沉沉的氣壓自四面八方威逼而來，直到我往水泥橋下跑去，直到無家可歸的遊民在橋下的長椅上翻了一個身，碰倒了身邊的寶特瓶，滾啊滾著往溪畔的柏油小路滾去，像是回答了我的種種疑惑，這才停了下來。

鼾聲停了下來，寶特瓶停了下來，暴雨一陣也停了下來，我停了下來，只剩呼呼的風仍吹著。

輯二

並蒂蓮

如在

是從何處來的？那些令人感到困惑且窘蹙的言詞，如利刃在眼前相互捶擊，閃現出黑白的默片。又若遍地橫生的鬼針草，在我們毫無防備之時濺灑而來，遍滿褲管、腰際，使肌膚有淺淺的壓痕，有直截而又隱微的痛感；使凡觸碰到我們的，亦能得到與我們一般無二的窘促；使遠離我們的，亦能得到某種親見聖性發顯的驚心與愉悅。

是從何處來的？那些歧出且不知歸返的神經元，想像、幻覺、信以為真的誤會又將引領訊號往何處去？屢次壞掉的刀刃在廚房裡，屢次壞掉的心靈與身體不在病房而在臥室。

日光在彼時彷彿永遠隱匿了，月光則更加陰黯似將消失，眼前一片漆黑，還有什麼能夠憑恃？曾經，一旦想起「母親」一詞及其相聯繫的種種象徵、借代，便疑惑還有什麼能永久地保存於心，鮮豔得像一株永不凋謝的玫瑰、永生的康乃馨？人們說玫瑰是愛，康乃馨也是，然而窗臺上那一株玫瑰的陰影，屢次驚起了屋簷上那一隻隻往巷弄深處飛去的烏鴉，以及自巷弄深處破空而出的灰色鴿子。牠們假若和玫瑰與康乃馨一般也是愛，那麼牠們又將往哪裡去？

對於母親的記憶，今能憶起的，最早最深，仍是其即將犯病的樣子。

那時，她還是各路神仙的附會之物，在心、在身，椅子挪來，坐下，不同神格、性別、文神武將、觀音玄女，在舉手投足與言語歌調間自在轉換。六、七歲的我側立在旁，如侍神的童子靜靜聆聽神祇的諭示。極為少數是責備，大多時候都是叮嚀與關懷。對此，我總是戒慎且恐懼，一方面竊喜自己是各路神明的孩子，母親若如那些乩童所說真是受謫臨凡的七仙女，那麼我也就自然繼承了她的神性。另一方面，我又時常疑惑眼前之人到底是誰？其疾言常搭配著厲色，動履如舞蹈，說天語，寫靈文，這一切的發生都在突然之間的——突然地降下，突然地開示與加持，突然地離去。突然我是神子，突然我是凡民。

翻閱幼兒園時的畢業紀念冊，大多數的活動都是母親陪伴著我進行的，這才想起七仙女在人間的這副化身時常是溫柔的樣子。家長日、歌仔戲扮裝日，幼兒園老師替我們留下一張又一張的合影。五歲那年，母親節前夕，園方邀請母親前來擔任一節手作課程的老師，教導同學們製作卡片。樣式簡單，只需在色紙上繪製康乃馨的圖樣，按線摺疊，以綠色的膠帶纏上，作花萼，再將綠萼黏貼在淡粉色的卡片上即可。眾人席地坐，如花瓣圍繞著蕊，我就在母親的身旁，如同助手，如仙花之下的綠萼。

照片裡的她笑得多燦爛，那時我仰頭對著母親的笑也是。

後來呢？後來的笑也真誠，但越發記不清，如同小時候所吃的每一支冰淇淋，每一次都珍貴，每一次都轉瞬即逝，每一次都緩慢地使冰霜融化沾手黏指；說不上暢快，食畢後，徒留黏膩與乾渴。感到滿足的，只有初初擲到手中，舌尖尚未觸及冰霜的那一瞬間——完整、成就、一切的極致，是窮小孩難得的獎勵與幸運。

雪糕如此，微笑如此，記憶如此，母親也是如此。其發病之後的情緒轉變，大樂大悲、焦躁安定，也都只在一瞬之間，不變的便是越來越晚睡，有時甚至鎮夜不睡。在客廳、廚房、和室發出各種聲響，引得我失眠。

引得我躺在床上許久，輾轉多時仍睡不著。想像天花板上的琉璃燈罩如月球迎光的圓弧凸面，覆蓋著鼎柱般的三盞白熾燈泡，將燈開，感受到燈心雖熱，卻也擁有一種在光明裡才能體會的孤獨被包裹在無盡的冷清中。然而，即使一室皆暗，睡意也遲遲不啟程向我踱來。自彼處延伸而來的油漆的痕，如潺緩的溪水圍繞著燈罩，使我不禁想像起一室之初，我與我父拿著毛刷，站在木梯上，仰頭、伸臂，若日本僧侶在沙上耙出各式之紋的情景，雲海、流水，熱汗滴下，白漆沾身，一場雨夾藏著種種象徵和寓意在狹小的陋室裡下著。

無論是油漆或者是雨，失眠時，俱沒有一滴落到我身，那些夢中飄然於虛空中的花瓣也是。眼前的這些景象，豐沛著多麼盎然的生機，但此後，時間便親似永恆停止在那一刻了，留下滴答聲不斷地在室內響。或許是熱汗，或許是那未乾的白漆如藤生植物終於結實而落果，亦或是時間在無形之中漸漸老去，老到一個階段就停止在那一刻，留下聲音迴環若一再重播的卡帶。

使得種種的變動並非暫停而只是極緩，緩至目力、耳力不可見，心力不可察，緩至使我產生了誤解與幻覺，感到眼前的一切彷彿都只是一場醒不過來的夢境，是夢境之主蒼白的手在向我展示其錯雜的掌紋，手中緊握著半顆破裂的水晶。而我想，大抵只有人，只有人是在一瞬間就老去的了。徒留三分精神，對鏡，我遲鈍地發現新長出的鬍鬚如鋼鬃偽裝著天線遙遙指向月球的陰暗面。

受精神疾病所困的母親，曾多次試著外出尋找工作，素食餐廳、便當店，然不多時便會被雇主以手腳慢、記憶力不佳給辭退。國中時，母親好不容易找到一個稍微穩定的工作，在三個年輕老闆所合夥的中式餐館裡幫廚——林森路旁的衛國街——當時父親尚未在不遠的元大證券前擺攤，推著攤車，販賣飯糰與刈包。一日午後，母親下班，興沖沖地買來吐司，在廚房中忙東忙西——將吐司切邊成塊，兩片相疊，中間夾一小塊牛奶糖，用蛋白封口，吐司外層裹上薄薄的蛋黃液，下油鍋炸。

甫起鍋的炸吐司燙手燙口，橫刀一切，受熱而融的牛奶糖則沿著金黃色的吐司流了出來，一口咬下鬆脆而軟，合我們這些小孩的胃口。只是得趁熱吃，涼了，牛奶糖又將會再次凝固，吃來便只剩下黏牙。母親興沖沖地說這是餐廳中的廚師教給她的，後來我們才知道，那是她少數能夠記得起來、能夠一次便做好的事，只因為要學起來做給我們這些小孩子吃。那是屬於母親的黃金記憶，甜膩而美好。

兩個多月後，母親還是被年輕老闆給辭退了。對此，她有些懊喪，但仍十分積極地打開報紙求職欄尋找機會。如今想來，她即使犯病，亦從未針對過我們這些孩子，大多都是其想像著父親對她的傷害。她口中常言的冤親債主、業障承負，大概也參與了那一個陽光燦燦如牛奶糖的下午，親證一切的甜膩在轉瞬之中的變質。如同那道糖心吐司，在家中只出現過一次，而母親針對我的「攻擊」，也就僅僅是那麼一次。在一尺見方，和室木質臺階上。

那次，身後是母親發病時的哭號聲，其手中什物在和室的地面紛紛碎裂，如星花綻開，春天似的生機就此延展開來。客廳吊扇不停地轉，引動那扇暗紅色的鐵門開而復闔，乒乒，乓乓，響亮而又沉重的樂器，開而復迎接自鄰近處趕來的親戚們把手掌敞開，把是非闔起。眾人氣憤地圍攏在我身邊，指尖如箭，言語如戟，帶著對母親照顧不力的指責往我此一沉默的靶心射來。

「為什麼不給媽媽吃飯？」「為什麼媽媽說你在水裡下藥？」「為什麼把她綁起來？」那些陌生的情節在眾人的口中被吐露得彷如親見，像是諸此種種的一切都真的發生過，而我只是一個「如在」的參與者——似在場，但在場的不是這個充滿困惑的我。

我只是呆呆地站在和室門口，感到彷彿置身於心神的荒原，無所依恃。我隱隱然知道發生了什麼，但卻又隱隱然覺得怎麼會這樣。睡眼惺忪，感到一覺醒來卻翻天覆地什麼都不一樣了。父親沉默地坐在客廳，偶爾回應一旁親戚所擲來的言語的箭簇，但我什麼話都不能說、也沒有說，父親也未曾替我辯駁。

氣惱、委屈所引發的駁斥之欲鯁在心裡、喉間，因之於長輩的氣勢與壓迫而不敢說，亦不能說。說了，又是另一無法收拾的戰場。著一身黑衣的我，覺得當下的自己就像是不討喜的烏鴉，沒有人會聽進烏鴉對自己的駁反，沒有人會想聽到烏鴉嘈雜的鳴叫。我只是雙唇緊閉，我只能將雙唇緊閉。

除了氣憤與委屈，我也的確找不到任何的言詞來為自己申辯，除了一句「我沒有」。「我沒有」，我終究說了出來。「我沒有」，但沒有人在意。荒原中飛馳的箭矢益發快速，如閃電奔竄，然而我所感到的時間之流則益加越緩，緩至我回頭看了母親一眼，其哭號已轉為低泣。其身後半透明的落地窗上有一鴿子的影，像雲層破開了洞，從中送來九天之外的信鴿，亦或者只是掛在欄杆上的衣架。紗窗外，雨水沙沙地落了下來，但我始終把淚水控制在眼眶裡。

懷抱著委屈，像花瓣懷抱著蕊心，綠萼收冗著花瓣，獨自受風吹，身枝搖曳，在瓶中旋了一圈又一圈，在木質的地板上，隨碎裂的花瓶留下了割痕。即使，眾人在嚴厲的言詞中偶對我擠眉弄眼，似有暗示，但既被迫扮演一隻不祥的烏鴉，無論如何，我也得用黑翅抱緊自己，我也不能讓眼淚落下來。

蓮仔

謀代誌時，蓮仔會騎著機車，返回其記憶中的老家採摘田中的瓜果。那是其從小生長的地方，曾耕植著各種空花夢想、民俗禁忌、鄉野傳說，然而老屋在多年之前便已拆除，留下的舊地，一部分由五舅種植易活易長的農作——番薯、花生、絲瓜——大塊區域則淪為待墾的荒田。自蓮仔三十年前患病後，對日常瑣事的記憶力便逐年降低，近幾年亦有多次迷路的紀錄。出門不喜帶手機，常要待其傍晚歸返才知道一整天又去了哪裡。為了掌握行蹤，我總是刻意在蓮仔出門前先詢問去處，這才逐日摸清她日常晃遊的地圖——佳里鎮的番仔寮、海佃路的五舅家、安平老街、府城舊書冊、圖書館以及大灣市場。

幾次晨起，蓮仔欲出門，發現機車失竊。報案後員警來協尋，調監視器，才發現車子就停在巷口的超市前。隨後幾次，每當蓮仔懊惱地向我提起車子不見了，我便會先領著她來到巷口的超市與藥妝店，不足百公尺的距離，她總眉頭緊蹙地說：「又閣予人偷騎去矣。」氣惱、憂慮，卻也每一次都在店面的騎樓下找到停得安妥的車子。「攏偷騎我的車。」邊說，邊開椅墊，戴安全帽。直到車子發動，其緊蹙的眉頭仍未有一絲放鬆：「逐擺攏針對我。」堅定地認為車子是被他人偷騎走的，有些無奈，有些委屈，語氣多埋怨。

蓮仔要我上車，我搖搖頭，說我去超商買杯咖啡，自己走回去就好。

蓮仔偶爾會像這般提出邀約，充滿興致地約我至安平的小店買手工的織物，去臺南監理站旁的假日農市看花，去大東夜市遊晃消解無趣的日常，或到位於地下室的府城舊冊店[2]找潘姐聊天。一路上，聽母親在耳際說：「騎較慢咧，你騎遮緊我會驚。」話題中間雜街景的變化，舊廟宇、新店家，誰誰誰曾住在那裡，上次來的時候發現了什麼吃食、買衣服的地方。這時候的蓮仔，記得的比忘卻的還要多，憶舊的同時又對萬物的遷化感到新奇，彷彿這些街景、路名，都是她腦內的神經、心上的纖維，是記憶的線索、意念的寓在。

對蓮仔來說，家中日常的一切，都是由一片又一片蛋糕般、板塊式的夢境所縫合而成，在反覆摩擦、撞擊下，某些板塊邊緣的泥土會落入如深豁的時空裂縫裡。當她遺落了某一段記憶，當時所發生的一切便都歸屬於他者的造作。若有一竊賊，處處與她為難，貧於血，貧於蹲下而後站起之恍如光閃照眼，令人眩暈，於無暇思緒之一刻突然竄出來，偷走一些看似無甚價值但迫切用到的

2 府城舊冊店原位於東門圓環，後遷徙至勝利路大樓地下室，由詩人潘景新、畫家潘靜竹共同經營。

東西——機車、老花眼鏡、舊相片、高跟鞋、健保卡——可恨、可惡，如天生愛與人作對的藏物小精靈、時顯時隱在某些機緣下才可見的累世冤親。

諸此種種，不為什麼，只為惹得她不愉快，時空的裂縫便會顯露出彎月般的笑容，再次吐出被吞噬之物。而被吞噬記憶的蓮仔有時會向我提出邀約，但卻時常會拒絕我所提出的邀約。

因多次的烏龍報案，管區來電，委婉提起除了思覺失調，也要留意蓮仔可能有輕微失智的症狀。我說我明白，只是蓮仔不願「無故」上醫院，除非她自己感受到身體「有故」，也唯有其有意願，對醫生才有信任，否則會覺得一切都是我們對她的詆騙與威逼。每每要說服蓮仔回診，都得先想好劇本與說詞。網路先掛號，再配合衛生局的訪視人員、嘉南療養院的護理師和醫師，藉檢查身體故、主治醫師關懷故，連拐帶騙地攜她前往。

但只要蓮仔沒有意願，即使約好診，亦會刻意放予袂記。若我們再不識相地多念個幾句，蓮仔便會擺起臉色，說：「就無病是欲看啥物醫生。」隨即戴上耳機，對外界的一切聲音都不聽不聞不顧不回應，這時的蓮仔，便只可遠觀。

這是蓮仔數十年來的任性，她知道我們不可能放捨不顧，而我知道她是真的認為自己受了委屈。旁人所見都是她的熱情與求知欲，當成是其個性中的一部分，如與蓮仔相交多年的書店老闆所說：「你母親只是比較敏感。」亦或許是發病的時間太不一定了，上一刻如常，下一刻便無來由地像是全世界都在暗地裡招罪於她，將我們所認知的「假」執持為「真」。繼而乍起的暴怒與憂傷、對家人行舉的惡意揣想、虛空中傳來的視聽幻覺，錯接的記憶、穿越的時空，虛空裡那常人不得見之他者的對話，對蓮仔來說，都是真而非假。

諸此種種，對於在旁措手無助的我們，也都是真的。苦澀是真的，無奈是真的，心疼也是真的。在蓮仔辭世前的幾個月，她常看著手機上的短片，與空氣說話。大妹問她在跟誰聊天呢，她答：「死去的同學來揣我矣。伊對露臺入來，問我過了按怎。」對蓮仔來說，亡去與活著並無差別，亦或者活著大多時候也跟亡去一樣，只是「狀態」的改變。真、假不重要，交涉的對象是生是死亦不重要。

重要的是蓮仔有時也會展現神蹟。有時，當我們涉世越深，慢慢慢慢學著在某種程度上接受、理解她的常與反常，像理解一幼童對嶄新世界的想像，摸清其所指涉的他者身分為何，突如其來的怨恨、哀傷、痛苦之緣由，並以此為梯，涉入其記憶的裂縫，尋找那些已遺失，但卻關鍵的生命經驗。有時，則像親近一隱世的神巫，藉由蓮仔的口，明白另一個世界的運作、人世裡紛雜如毛線的彼此糾纏，前緣、來續，戛然而止宛如警句的神來一筆，於不經意間勘破我們當下的憂慮。

憂慮於曾因在北撰寫碩論故，近一年沒回家。口考完，母親節返鄉，搭四個多小時的客運，抵家、開門，捧著花，坐在客廳的蓮仔皺眉。她略略客氣但猶疑地對我點了頭，示招呼，問我：「你哪會有阮兜的鎖匙，你欲揣啥人？」我回：「我是恁囝啦！」「阮後生佇新竹咧讀冊，跟你生做無啥仝？」父親聞言，轉頭對著蓮仔說：「你連恁囝攏無熟似矣呢？」蓮仔疑惑，仍只是安靜地、疑惑地看著我，直到密集相處兩三天，蓮仔才慢慢慢慢地想起來。慢慢慢慢地將我如今的長相與她記憶中我的長相相匹配，我問：「你認袂出我矣？」她笑笑地回：「你是阮囝，我哪有可能會認袂出來。」

蓮仔什麼都有可能忘記，當她遺忘，接替「我」的，便是腦海中那「上歹生」、「拖上久」、「歹育飼」的童稚的自己，抑或是那個「啥物時陣才會轉來臺南住」、「佇北部讀冊、食頭路」的自己，但她永遠不會忘記自己返鄉的路。

我曾多次訝異患病後記憶力日漸低落的蓮仔是如何辨認方位、確定路線，自後甲出發，騎著車，車速三、四十，遙遙騎上二十幾公里，抵達其記憶中的祖厝以及祖厝拆除後留下的荒棄田地。許久之後，我才知道蓮仔未曾和家人報備即出門的初次騎車獨返，是一路跟著興南客運的公車後尾，按車索驥，彎彎繞繞後才抵達的。公車的站牌與停靠點於焉成為了她返回記憶原鄉的標記。

迷路了，逢人便問；豐田之中無人煙，便直直騎，直到有人煙為止，這才有後來時常往返番仔寮的熟門熟路。我問蓮仔為什麼是跟著興南客運騎，她說年輕時在工廠上班，就是搭興南往返。

我常覺得蓮仔有憨膽，但身為子女的我們，卻常為此感到憂慮與擔心。擔心她「出去敢若拍無去」。我也曾想，會不會是年輕時任職過興南客運的外公魂魄來接引，接引母親反覆走上克萊茵瓶式的迢路回到其兒時生活的空間。那筆直的鄉間道路，入口的宮廟山門牌樓，領著一切失卻之物，推砌於牌樓後的荒田中，田裡有洞，窄而深，隱藏碎瓦殘磚裡的一方宇宙。

蟋蟀蚱蜢唧唧唧唧，鑑洞如鏡。洞的另一邊，是舊時無擾的村子，矮房藏在良田裡，土路時而有泥濘，鼻腔中有豬圈、雞舍之難言的氣味，野犬兩三相逐，有蛙隱遁田埂間；洞的這一邊，是今時恬靜的村鎮，良田漸少，多的是透天的別墅、農場與莊園沿著木根般日漸探進來的柏油路生長。新屋有它的生機，屋前有車埕，屋旁有花園，園中有狗，行車經門前，便大聲地吠。

那荒蕪大半的田地，前身是土角老厝，老厝的前身，則是蓮仔所生所長所居之所，蓮仔一前一後所使用的名字中皆有花——「綉蓮」與「貴蘭」。「綉蓮」自佳里鎮的番仔寮來，「貴蘭」則自臺南市區去。母親族中的老屋是什麼模樣我已無甚記憶，只記得大片大片的甘蔗田，田中有螺、有蛙、有蚱蜢攀在草枝上，就讀國小的我與表姊、表哥們穿梭在甘蔗叢中、玉米叢中。當時眼中的世界很大，腳下的泥土鬆鬆軟軟，只知道抓杜蚓仔、灌杜伯仔，沒有什麼憂愁的事。但蓮仔有，蓮仔多次告訴我，她不喜歡人家叫她貴蘭。

外公、外婆辭世後，舊地由五舅打理。擇一小塊區域，植茄子、甘蔗、花生、香蕉，有什麼種什麼。蓮仔時常騎著機車回去「主動」替五舅採收農作，偶爾用塑膠袋挖回一些土，將採下的作物分送給二舅以及熟稔的朋友，而後才是她在陽臺的園藝時間。對此，五舅多有埋怨，常說蓮仔時不時就去「巡田水」，有些還沒成熟的瓜果都被她搶先一步採收了。

只要五舅發現農作有被採摘的痕跡，便會打電話來確認蓮仔是不是又跑去田裡。語氣無奈，但更多是叮嚀，怕有些蔬果噴了農藥，蓮仔不知道。蓮仔也確實多次在田裡受到傷害。突然竄出的紅火蟻咬得她雙手雙腳紅腫流膿赤癢火燒，買了自費藥，花了好幾千，看了好幾次皮膚科才好。也或許是被念到煩了，一次，蓮仔收成完五舅種下的農產，順手在土裡種下了好幾束花。花有蘭花亦有蓮，襯著紅果枝，朵朵花色明光豔燦、貴氣逼人，但卻在幾日後引得向來疼惜母親的五舅來電大罵——不是因為蔬果全部被蓮仔採走了，而是蓮仔在田裡所種的花，全是年節時才會拿出來當擺設的仿真假花。

自那之後，蓮仔便鮮少回番仔寮了。

最後一次，她將自老家挖回的土，倒入圓形的水果盤裡，鋪平、壓實、灑水，將一粒粒花生種入土裡。遠遠看去，蒼白色的花生若蓮子冒出頭來，大盆似蓮葉，托著窄小的藕梗，長在陽臺邊。我微嗔其傻，抱持著看笑話的心態任其搗鼓，蓮仔只是說著：「你毋捌，你莫管啦。」當其晨起曬衣，總會在盤裡灑上一些水，沒幾日，那些花生們竟也真的冒出一絲芽頭來。可惜幾週後，蓮仔驟然在睡夢中往生，那盆花生在無人照料下壤土漸漸乾涸而裂，遠遠看去，竟就像是那些曾經養過但因夜裡偷偷爬出水缸而不意死在陽臺的龜。

我試著為其澆水、鬆土，但怎麼做都只是徒勞。土面的裂痕，曾經的一絲一絲都是保潤與增生，如今卻象徵著亡歿與乾萎，因失去水分而顯得灰蒼蘚白，也像極了蓮仔亡故時那雙於胸前緊握的手。許久許久，約莫是蓮仔往生半年後，我們才從其他親戚處得知，那塊祖厝之地早在一年前便已轉賣他人，原來，五舅對母親返回祖厝之地的勸阻，是另有緣故。

※本篇獲二〇二三年第四十四屆旺旺時報文學獎散文組首獎。

徵兆

早在幾週前，便有了一些徵兆。

房裡的大衣櫃，是我與母親兩人分治的城池，自我搬回臺南，興奮的母親撥出了一片衣櫃的領土予我，像孩子般地對我說：「遮乎你放。」衣櫥是老舊的樣式，中間嵌合一面鏡，左右兩扇門，門上不鏽鋼的把手已有些汙損與刮痕。衣櫃的下方則是兩層的抽屜，拉開來，邊邊角角脫落的薄木片像是茫茫沙漠裡風吹即過的乾枯野草，墊上報紙，即成為密密的聚落。

因屋窄，家裡的衣櫃總不得不面床而放，風水學上認為鏡子對床易使居住者心神不寧，故而父母總是用紅紙將鏡面貼起，但不知從何時開始，鏡子上的紅紙慢慢剝損，一次年節撕下後，便再也沒有貼回去。小時候，總覺得那張紅紙的背後充滿祕密，曾在許多故事之中聽聞鏡子招鬼，但又在宗教知識中得知祭煉過的鏡子亦可鎮邪、反射凶煞，若擺放不慎又會招爛桃花。

鏡子的兩面性充滿了玄異，失眠的夜裡就對著那面紅紙想，是誰的魂魄被困在這面鏡子裡，又或者是誰的魂魄會被解放出來？想著想著，也就安安穩穩地睡著了。但有時候想多了，就作與鏡子相關的夢。

夢到紅紙如簾，掀開來，走進去，周遭是與身後一模一樣但左右相反的場景，在對稱性的房間裡，我是唯一的人煙。回頭，看到簾外的自己躺在床上的身姿，呼息輕緩，雙手置放在胸前，再回頭，卻發現鏡中的自己已然站在他人的體腔裡，烏烏暗暗，由冷轉熱。想回到紅簾外，想回到床上的身體裡，行動卻如藤蔓纏身，浸在沼澤中。在驚懼之間清醒，裹在厚重的棉被裡，長髮被熱汗浸濕，黏額附頸，身體溫溫燙燙的，額頭涼涼的。

我總是在夏日作這般的夢，我總是在夏日蓋著厚重的棉被，不為冷，只為一種被包裹起來的厚實的安全感，如繭、如蛹。思及紅紙貼上反而多夢，此次搬回來，也就索性不再將紅紙貼上。看著鏡中的自己，想著在外悠悠蕩蕩十多年，終究還是回到了這裡。鏡子後的那片狹窄的領土，衣櫃內，曾是我與兩位妹妹所共有，隨著我北上求學將衣物款出，將不常穿的整理到黑色的大袋子裡挪到衣櫥頂端；隨著她們陸續出嫁，又將衣物款整到夫家，那城中的餘下之地，便一點一點被母親新購的洋裝給佔據。

這般的騰挪改異，彷彿昭告著沒有誰是此處真正的歸屬。唯一的歸屬，只有母親，母親才是長駐於衣櫥的王，櫥中的一切都是她的分身與切片，是她舊有的心、新生的念。畢竟她時常在那面鏡前梳頭、吹髮，櫥上之鏡，也有她寄寓的歲月。自我遷入，母親將一些洋裝和衣物整理至她所寢居的和室壁櫃中，櫃中原先的雜物一一退位，只為了供洋裝進住。衣服層層疊疊如牆垛，那裡成為她的第二個衣櫃、領土的延伸，成為她抵禦腦海裡那些怪異聲音的城牆。有時堆得太高，在櫃中傾倒，「砰」地一聲，她便覺得又是任意來去諸多時空的冤親債主在搗亂。開門，將衣物取出，摺疊，復以碎念與咒罵為驅趕，再置入。

儘管如此，母親讓給我的領土仍極其有限，兩三件外套、一兩件襯衫，便已擁擠不堪。時常要努力將母親的衣物往另一側推，在極度緊繃的空間裡，為自己的衣物尋找一絲立足之地。

置入如是，取出亦如是。衣服與衣服、外套與外套之間貼得極近，彼此摩擦，我與母親的氣味透過對纖維的附著也在一方斗櫃中彼此交換著。每每打開這日漸衰敗的木櫥，看著一側掛滿了厚重而鮮豔的外套，有紅有綠有亮片裝飾有大量的白，絲綢一般滑順、棉織一般親膚，另一側，是我黑色的薄風衣、毛呢大衣與襯衫，如同日與夜，晝長而夜短，整座衣櫃充滿著夏日的氣息，也彰顯了我與母親各自殊異的氣質，子冷、母熱。

我常常望著那桿吊掛著我與母親衣物的桿子，憂心其衰敗與斷落。一側掛滿了十幾件厚重的外套，太沉了。十來年，桿子時常承受不住重量而由中間處漸漸向下彎曲，看起來便像是十分用力的強顏歡笑。假若，衣櫥是一個人，這般的笑，即是笑在心裡，笑在一門之隔的內在，笑著有些無奈、勉強而又有些被迫的不得不。有時我會將衣物取下，將吊衣桿扳直，卻不料總使其由微笑狀變成了微小的波浪狀，重新裝上去，原先的笑一瞬間成了苦澀的癟嘴模樣，使我覺得感到勉強的好像是我自己——是我使它勉強，希望它正常，但越是如此，它便離正常越遠。這像極了我跟母親的相處。

一次夜裡，母親發病，不斷大聲咒罵著父親，咒罵著那些她想像出來且執以為真的情節，說我捐肝給父親是他害了我，父親害了她還不夠，現在連帶要來害自己的兒子。我怒極，駁了幾句，謂：「可以不要再亂講了嗎，家裡被妳弄得烏煙瘴氣的還不夠？」隨後背著包包逕往外面去，獨自在公園坐了好幾個小時。凌晨抵家，只見母親仍獨自在和室的書桌旁看書，父親已就寢。我倚著房門，略帶愧疚地對著她說：「早點睡，不要看太晚了。」母親表情和緩，只是回：「嗯，等咧就去睏矣。」她穿著厚外套，看起來很冷，但我則因幾個小時前對她的情緒發洩，而羞愧地感覺到自己的臉頰熱了起來。

早上出門，前往高雄任教，在自強號的過道裡接到父親的來電。謂醫院通知，要他準備行李，前往高雄辦理住院，乃因是夜很可能便會進行第二次的換肝手術。掛掉電話，我先傳訊商請住在醫院附近的堂姊，午後若有空，先協助前往看顧，又傳訊告知兩位妹妹父親即將二次換肝的消息，請小妹多多留意獨自在家的母親。來到醫院，等了一宿，至凌晨，仍遲遲未收到準備開刀的指示，後來才得知因捐贈者的肝臟太小，只夠捐換給一人，排第二順位的父親只好等待下一次。聞言，父親有些失落，但醫生仍為他安排了一些例行檢查，以及做了膽管結石的內視鏡小手術。

兩日後，父親行動一切正常，得以自理。我和他告別，回臺南，將一些行李衣物重新整理。出醫院，召車，抵鳳山車站。下午一時許，豔陽下，車行鐵軌像銀針穿過大地，自強號上，窗外的風景如一片織錦，時而是卵石纍纍的河床時而是青黃綠鬱的農田。襯雲色濃淡漸遠，雪灰鑲金，時不時被兩側青坡給夾擊串在暝暗的隧道，一座城市一座農村地走，這使我的心情暫時感到放鬆。

一邊想著母親獨自在家不知道一切是否都還順遂，是不是又將父親留下給她當生活費的錢很快地花掉了，拿去備衣服、購玉石、買玩具，以及大堆大堆的菜，又拿去分送給朋友。想著這般的母親令人感到無奈，卻又有些可愛。

下午三時許，想著母親這時應該還在午睡，特地騎車繞到富農街，尋已賣了三十幾年鹹酥雞的老攤販，買了一份蛋黃芋丸、一份雞排，這是母親喜歡吃的。抵家，轉開鑰匙，將門開，入眼即見沒關門的房間，日光燈開得敞亮，我大聲說著：「媽，我回來了，妳快來看看我買了什麼。」但沒有得到任何的回應。一邊將行李放在客廳，一邊說：「爸這次沒開刀，肝太小，不能換。」「中午吃了嗎？」母親仍在房裡沉沉睡著，沒有回應。

走近，見母親著黑色的洋裝躺床上，冷氣開著，身上蓋著厚厚的棉被。她看起來很冷，左腳腳掌觸地，像是累極時的小憩。睡著，我拍其肩膀、搖手，觸處只有冰冷的寒意，嘴唇發紫，雙手緊握著拳頭置胸前，四肢僵硬。我趕緊打電話給消防局請求救護，那是聖誕節的前兩天，那是午後三點半。

微微地發著抖，胸中含蘊著難言的複雜情緒，止不下來的淚水一再提醒著我沒有母親了——我，沒有母親了。接下來的幾個小時，消防員來過、警察來過、偵查隊來過、禮儀公司來過，查看狀況、維持現場、拍照記錄，鄰居們則在樓下竊竊私語。住在後方巷子的二舅來過，趨前，靜靜地看著床上的母親幾眼，喚了母親的名字幾聲，「蓮仔、蓮仔」，便不再言語。七旬老翁，重聽，只是流淚。在百貨公司上班的小妹來過，握著母親的手大聲地哭喊，望她趕快醒轉過來。我感到鼻酸，忍不住，遂背對著眾人無聲地哭泣。小妹覺得是自己的錯，前一日帶外甥回來，晚上六時許，母親洗完澡、吃完粥，說有些累想小睡一下，小妹這才帶著外甥離開。

她心想，如果再晚一點點走，母親會不會就有救了。

我安慰著她，說母親準備好了。妳看她洗好澡、吃飽後才在睡夢中離開，無災無病，是好事。但我的心裡始終覺得不是她的錯，而是我的錯。前一日，原先要打電話回家跟母親說不回家了，我要在醫院陪爸爸。但八點、九點、十點打家裡電話和手機都沒人接，當時還跟父親開玩笑說媽媽又跑出去玩了，假使，當時機敏一些，請小妹再回頭確認母親的狀況，或許一切便會不一樣了。

或許，或許，太多於事無補的或許。想到這裡，「砰」地一聲自身後的衣櫃裡傳來。將門開，只見吊衣桿因承受不住重量而墜落，與桿嵌合的圓孔被劃拉出一道長長的挫痕。其形態，如句點下沉，受重力與壓力而被耷拉成水珠狀，而後如流瀑，一左一右兩個孔洞就像是誰體腔中的傷口，是驚嘆，也是眼淚。

母親的厚重外套與我的大衣齊齊落了下來，交疊在一起，像是相互倚坐的人，但我無心處理，只是將門闔了起來。站在床尾，面對衣櫃，看鏡中的母親沉睡的樣子，看小妹趴在母親身上哭號的樣子，我好像看到了兩個母親。眾人都說小妹與母親是同一個模子印出來的，大妹眼眉則像父親，唯有我，與父與母都不相像。母親未發病前的熱情與溫柔，我似乎亦未繼承任何一絲，而她的纖敏和抑鬱則在我身處處可見。

禮儀師謂：「雙手合十，送媽媽最後一程。」接體員將遺體送上了車，傍晚五點半出發，半小時後便抵達殯儀館的八十九號冰櫃，母親享年五十九。我將客廳桌上那已冷掉的炸物丟棄，一日未食但不覺得飢餓，畢竟母親也一日未食，她不餓，我便也不餓。大妹午後接到電話，急急從臺中趕了回來，坐最快的一班高鐵，仍來不及在家中見母親最後一面，遂直往殯儀館去。

只有父親，彼時仍獨自一人在遠方的醫院，各項指數有穩定有不穩定，出院的日子仍遙遙無期，母親辭世的消息還被我們蒙在鼓裡。沒有人敢說，也不知道該怎麼向父親開口。這一晚，我睡在父親的房間裡，朦朦朧朧中作了一個夢，夢到母親微笑著，穿著黑色帶黃色圓點洋裝，在衣櫃的鏡子裡靜靜看我，而白日那聲吊衣桿墜落的撞擊聲，是往昔的徵兆，也是她最後的心音。

遺事

晉塔後，母親生前所珍愛的衣服、鞋子，除了少數留存了下來，其餘皆被整理在黑色垃圾袋中。雙手一捧，抱著懷裡，沉，而且軟，走下開著燈仍感晦暗的老舊公寓的梯，像走在通往地下世界的隧道裡。兩側是斑駁的漆、久未更新的告示、癌面的牆、猩紅且鏽跡斑斑如滲血指頭的鐵信箱，彷彿是身若被一隻難明之手給環握，只要稍不留神，兩側的牆面便會欺身塌陷，使我們的所在成為不可測的溝壑，陷在回憶裡。

回憶裡的夜色，總是霧茫茫的，彷彿上了一層遮罩。遠方的路燈散射進來的光薄如蟬翼，一踏上去就會開始搧動起來，也彷若岩灘上推來的忘川之水，凝止不動的河潮，只為了迎接每一位來者，貧富不問、善惡不論，日日夜夜，將其捲遣至神異世界的工具。

斜倚著暗紅色的扶手，扶手下生鏽的欄杆微微晃，若輸血的管，使我感到母親彷彿仍走在我前頭，只因重心的傾斜而先我一步下臺階。雙掌壓握在扶手上，如最後見她的那幾日，每走幾步，便揉揉膝蓋，施力、微喘，撫著胸口，面色蒼白地行步於前。她總指著膝蓋說，這裡有人在對她說話，她受不了這種嘈雜。十幾年前，母親所感受嘈雜的是夜裡空無一人的客廳，其不得見來來往往的許多人，我也不得見，但她卻得聽聞那些人留下的音聲，像置身於集音箱中，不同時空的聲音俱響徹在此。

彼時彼刻，母親的耳朵就是喇叭狀的鑰匙。

這把鑰匙今已鏽蝕，開不了任何的鎖，成為另一種鎖頭。世間的一切都具有這如鏡像般的雙重性，在某些穿越極限的時刻順化為另一方。過往的一切音聲，皆由他人的造作到成為它們自己，由喧雜又復歸於沉寂，牢牢地被鎖在圓筒狀的集音箱中。瓷白色底，光滑的面上有著金漆雕繪佛教經文的骨灰罈，那是世音的家，是現在、過去與未來，被保守在般若波羅蜜多之中。罈中，有我們親手夾入的骨塊，乾燥、輕盈、佈滿孔洞以及火精銷煉後的灰白色念頭，每一片、每一撮，都像靜室中飄浮的煙塵終落定，再無驚嚇再無擾。

穿著白色厚棉衣，倚著欄杆，想著這個位置也曾是母親倚靠過的。看起來親似輸血管的欄杆的確是扶持，然而那暗紅色的管所捐輸的方向，卻不見得是匯入母親的身子。如今看去，卻感到其更像是自母親的肉身中帶走了那些鮮活的精神，徒留下的囈語和諸多的幻想。我抱著一大包裝著母親衣物的黑垃圾袋，夜裡，如同抱著穿著黑色洋裝的母親豐腴但蒼老的身體。下樓，費力、微喘，走上了她日日行走的道路，懷中，盡是其生前最愛的那些衣服——明燦斑爛的花色、滿版的黃色圓點、沉穩的黑裙綴蕾絲、雀翎般的綠，諸多黑色的洋裝與褲裙是她最後與人世的連結，如今倚著我的胸，我的心是她還陽的門鎖。

母親離去時所躺的那張床，在遺體遷入殯儀館的翌日，便被父親打電話請家具行工人搬走置換。我暗自跟大妹抱怨，「這麼急做什麼？人剛走，衣服什物就在整理。」大妹不置可否，只說禮儀公司的員工提醒床不能再躺，亡者所躺著的枕、被皆應拋捨，怕屍水、穢物滲入，也避免日日見到遺物徒感傷悲。待到父親要著手清理和室櫃中那一些母親的衣物、鞋子、玉石、髮飾時，反而是大妹先出聲阻止，謂意欲慢慢揀選自己可以穿的，這才拖延了清理的時間。

父親看穿了大妹的意圖，只說：「走了的人輕鬆了，但留下來的人，要面對的事情還很多。」彷彿人不在了，那僅有的一席之地也將就此被抹去。

父親緩緩地整理著母親的遺物，那陣子我常想，那些被棄置一旁的什物或許比亡去的人更加傷悲。物之哀，不在於生或死，而在於被主人之外的人恣意拋捨，而物之主再也無法為此伸張；物之生，來自於受人擺弄、處置，物之死亦同。乃因所有的物，只對於擁有者與相繫者具有意義。這是另外一種生命的徵象，是大道在說法——此生若傀儡，我們常看不見手足頂上那懸絲之線的來源正在誰的手中緊握著；動履行藏以為是自由意識的造作，卻不知都是早早設定好的劇本操演。

也因此，我覺得那些即將被遺棄的靜物，每一個，都像極了一顆又一顆痛苦的石頭。自山中來，自海裡去，自火裡、水裡、靜寂裡。

表面的紋理與石面的坑洞是因為吞忍，石頭是石頭的心，不能哭、不能說，只能承受。承受自己是亡者在陽世之剩餘，沾染了晦氣，是過往的心念如氣味牢牢攀附在各式材料組織之纖維中的遺留，是執著的具象，無法被帶到冥間去，遂只得留在陽世慣習的居所裡。生者也唯有透過這道手續，才能夠真正有所成全。成全生，成全死，成全亡者在人世中最後的一抹影子，順利地遁入夜的深處。無有阻礙、掛念，此後活在月光照不到的地方，成為月光。

這般想，對待遺留之物，手腳便也更加溫柔輕緩些，如同禮儀人員在搬運母親大體時的誠敬恭禮。活著的時候，我們總是在承受各種力道，只要此施彼予，一來一往，主動與被動，便會有了關係。如今一方離卻，受力者成為了虛空，大抵，這就是頓失所依的感覺。

我將袋子卸下來，搬上機車的踏墊，感到胸前空蕩蕩的，像是被挖去了一大塊。熱汗在額間冒，掌心的冰冷說明著我們所有能夠給的都已在這短短的路程中過渡給母親遺留下來的衣物。一次兩大包，疊起來，像極了在夜中砌雪人，雪人自有其體溫，只是臉孔未明、胭脂未施，但有蜜在雪中釀，蜜中盡是曾經豔豔的陽光。

如同火化，因大疫再起，一眾家屬無法進到火化室中，由工作人員將棺木遷入，眾人只能在大廳對著彩色的照片一再重複喊著：「媽，火來了，快跑。」哭聲此起，喊聲彼落，似浪推波，又似一張無形的網向虛空撒去，意欲捕攫心念所繫之人。提點、叮嚀、告誡、送行：快快放下肉身、離開肉身，要放得決絕，要離得越遠越好。

只是我們口中喊著快跑，目之所視、腦之所想，都只有與自身的所在益加遠離的景象。跑，只會離我們越來越遠，畢竟我們不是喊著：「火來了，快過來。」一似在長巷中，我們在這端提醒著另一端的人巷口的火將要延燒，快跑，跑到另外一端。但我們的心心念念卻始終是關切，是盼望困在火中的人得以安然無事，能夠在彼處相見。我們口是而心非，我們深知自己的口是而心非。

教學多年，我深知文句之中一切的建議句式理應避免，畢竟那都是空言虛語，例如「應該」、「可以」、「會」與「不會」，乃因其中充滿著太多不確定，有太多空間可供閃躲與逃避，不如切實的行動與方案般具體。但也因為這些詞彙，給予了我們「選擇」的空間，應付可能的變局。

但死亡與熱焰沒有，它是截斷與推行，它以我們的肉身為線，或僵硬、或柔軟，觸處盡是冰冷。當我們意欲跨越、捕取、挽留，其隨即便成為了驚嘆，又隨之身陷為海溝、地塹、巨大的斷層；當我們喊出「快跑」，生者與亡者便都沒有選擇，只能跑，火焰在前逼迫著，死亡在前逼迫著，冰冷的肉身在前逼迫著。這是叮嚀，也是命令，皆同源於焦急、眷念與不捨。

我想起母親施加予我的所有命令：「吃好、穿暖，常回來。」

命令如咒語，語句之中常是我的匱乏，在她眼中，在外遊子永遠不懂得照顧自己，逐流行、虛待補。是故一切命令，都來自於「是不是又瘦了？」「臉色怎麼這麼差？」這些一再重複的疑惑。

每每騎著機車龜速載我，抵達客運站、火車站，離別前，母親總會提問：「紲落來，啥物時陣欲轉來？」接著一句：「好啦，緊上車。」我早早聽出了她那「何時再回來？」的話中之話，那盼望著「這次回來之後就不要再走了」的母親，總是在我北上的這十來年，一再明示、暗示著望我早日歸家。送別的眼神中，蘊藏著的是積蓄多年欲吐未吐的話語，一次一次，我默默領會在心。

只可惜什麼也都來不及，來不及事發時發現她連續幾個小時未接電話時的不對勁，不及成親、立業，使她安下心來，不及讓她感到驕傲，不及道歉與道歉，說：「對不起，我來晚了。」少數來得及的，如今想來，也都晚了許多。在其生前的最後半年，因深感父母年老多病，我毅然決然地辭職，由北返南長住，幸好也因為這個決定，我這才得以陪伴母親走完她人生中最後五個多月的時光。人總是慶幸自己的某些選擇，也造作諸多遺憾在某些選擇裡，而後承擔、追悔、懊喪、自責，又試著讓自己被他人的安慰給說服。

人們說至少你有心，至少最後半年是你陪伴在她身邊。但我覺得這般的自己多不孝，我覺得這般的自己竟曾經一度被這些說法給動搖，多可笑。

我想起殯儀館的臨時靈堂，漆黑暝暗的地下室裡，一人一格，約莫一張照片的寬度，兩人併身稍嫌擁擠。第一日，午後近晚拜飯畢，妹妹們先陪父親返家，我獨自留下，坐在靈堂前看著母親的照片，想趁這最後的時刻與她多說說話。想將十多年來的行蹤、心緒、遺憾與痛苦都妥善地交代，坦露那每一道遮掩許久的心上的傷痕、逞強與軟弱，讓她好好地聽，讓她心疼——是我沒有好好照顧好她，是我毅然自北南遷，卻只來得及陪伴她五個多月，而不是五年、十年、十五年——看著照片裡笑容燦爛的母親，眼淚止不住地流，能夠說出口的、真的說出口的、反覆說出口的，最後也只剩下一句又一句「對不起」。

「對不起」三個字的字音隨息吐在空中，彷彿濃縮而復綻放了千言萬語與紛亂的心緒。懊悔，難明的懊悔，充滿著各種矛盾而難解的懊悔，如咒，如不可解的陀羅尼，如盛開的蓮瓣。於是母親火化前眾人齊喊的一幕，便格外地動人，即使不識隔壁的亡者，也被感染了離別的情緒。如母愛子，如女敬父，彷佛眾人彼此間無論識或不識，對於亡者，最後的叮嚀與念頭俱是同一，念念如河，藉由錯雜的字音乘筏入海，送身處火宅中的人最後一程。

我們留在此端，待火化畢，將骨塊與灰燼遷置罈中。揹上背帶，將母親抱在懷裡，雙肩吃力，兩手緊托，喊著她的名字：「要上車了。」「要過橋了。」「要入新家了。」罐中的骨片輕輕，石罈沉沉，胸口貼著罈壁，某一刻，我也彷彿聽到了自己的心跳聲。我知道，我猜測，我肯定，是母親藉此回應著我、諭知我，彼與我歷時共在。在此，在石罈中，在胸上，在遍及肉身各處的血脈裡。

騎著車，載著兩大包的衣物來到舊衣回收箱前。費力地將衣服投入箱中，箱中空洞，衣落箱底，發出了響亮的聲音，像是母親最後對我的回應。我感到自己如在投遞一種祝福，願這些仍善好的衣物能夠被好好地穿、被好好地利用，能來得及送到需要的人手中；願母親生前所愛，也能成為她人所愛，如她生前所愛的我，也陸陸續續被許多溫暖的人愛著；願她驕傲，願她安心。

即使仍有些不捨，但還是暗暗告訴自己：「好了，都結束了。」轉身，騎車，後照鏡中的回收箱在路燈的照耀下，像是一個人靜靜地送別每一個來者。

抵家，經公寓的樓道，每上一階，便停下來一階，感受虛空中似有若無的遺留、時間的寄寓，以為終究徒勞但又在呼息之間似乎感應到了些難言的什麼。開門，家人已就寢。除玄關一盞燈，房間一盞燈，整個客廳併和室越深越暗，兩盞燈光所能相觸之距，形成了一條記憶的通道。一切一切又引我走到玄關，門前，再次轉身，回到那個明晃的下午。止不住地在腦海搬運、召喚、重返，頂上的日光燈仿擬著午後陽光來探照。行李揹肩，手裡拎著欲與母親同食的點心，喚其名，說著：「媽，我回來了。」卻遲遲沒有得到回應。

沒有回應，腦海猶然在搬演。自玄關斜斜見母親於房中床上似午憩的身，門未關，身穿黃色圓點的黑色洋裝，像一隻瓢蟲斂翅停在木頭色的床單上。這一次，我不敢走動。只是緩緩向前，我不敢走動。我緩緩向前，走向房間，那些母親仍躺在床上如如不動安然睡著的幻景消失了，我嘆了一口氣。

我不敢走動。幻景是我造作出來的，我知道，一切的一切都只是深深害怕自己會忘了那一幕，害怕一切就真的就此結束了。

※本篇入圍二〇二二年林榮三文學獎散文組決審。

娑婆訶

寒氣滲過馬賽克般的落地窗，成為對世間一切阻絕的突破。如煙、如霧，在窗溝、隙縫，在和室的木質地板上瀰漫成無色無味的一片毯。涼而且硬，承接著自窗片延探而來的那長且斜傾的烏影，幽魂的裸足，猶似以日計時的指針，緩慢挪移、改動，緩至不可察，唯唯指向母親生前常用的那面方桌。

方桌寂靜，自母親辭世後，桌上的擺設已清除，徒留空蕩的隔板。筆在紙上書畫的聲音猶似在耳，聲中一再重現母親於紙上專屬的女書——常人不可識的符號、靈文、天語、聖字——在虛空吐息，成為陰冷的氣，餘則附會一枝抑鬱的筆。木雕竹節樣，乃某次出遊的紀念品，如今橫倒在桌若仰躺的魂靈。

魂靈在夜半安睡，唯有生者如我，仍獨自一人在漆黑的客廳裡坐著，按下手機的開機鍵，播放母親生前儲存在清單中的樂曲。

自客廳向和室望，陽臺的什物之影映在窗片上，似一片又一片的色塊拼圖。朦朧且模糊，難辨識，能猜測，有賴線條與記憶的勾勒求索窗後的原型。揣想誰曾在彼處置上某物，誰曾在彼，於每個清晨，踏上塑膠椅，將洗好的衣物自機器中取出，一件一件地吊上竹竿。那好像是母親，窗後的形，踏上踏下的影，那是母親發病後少數能做且願意做的家事。眼前，三角架上的白色浴巾隨風舞，那也好像是母親，於細碎格狀的窗片後，一人形，素衣、長裙，漆黑的背景裡橘黃的街燈如同照路的火光在虛空中暈。

招手似揮別，在僅容一人的陽臺上徘徊、周旋、晃蕩，來回劃記，魂歸來兮，似依依，魂將去兮。

魂或許棲倚著公媽燈的紅光，紅光映在對牆的《心經》條幅上，空色相依，相即相離，那是大學畢業時，親近的學妹L磨墨親書的贈禮。當時的我，心思常纏結，在風趣中抑鬱，在學弟妹眼中，常是幽靜安默的樣子。宣紙上的墨色仍膠稠，濃而且清，想來L大抵也望我能掛起長軸，看著罣礙，放下罣礙；願我能觀文字如觀飛瀑，嗚嗚淙淙，佛意如泉眼，由「觀自在」始，「娑婆訶」結束。息災、無住、萬事皆祥。六尺長的掛軸，封藏於家中和室櫥櫃多年，直到母親辭世，眾人整理櫃中什物，才又將其拾出，掛起。

所擇之地，因房窄屋小，有選擇亦是無選擇。四處丈量、比對後，最終擇定於母親牌位厝靈之桌的對牆，廳之一角，唯有那裡合適。有空間，佈局上與母親牌位相對，也唯有在彼，卷軸能自在展開不受阻，彷若偶然之中的必然，暗喻著心能得舒展，即使是一角亦已足夠。甚者，有諸佛靈文之覆護、觀照，心能得依止，魂且能來歸。這樣的安排，母親能夠領略到嗎？我日日夜夜對著牌位說的話，所誦經咒，母親在聽，還是不在？我想起曾於《夢溪筆談》中記：「禁咒句尾皆稱『些』。此乃楚人舊俗，即梵語『薩叚訶』也。」沈括認為「薩叚訶」三字合讀，即《楚辭・招魂》所用「些」字。這是偶然嗎，抑或是巧合，乃至於只是沈括的附會？

〈招魂〉中的「些」字，確有感嘆、勸阻、叮嚀之意。一再訴說著回來吧，一再對魂靈曰彼處不可止、他方不可託，在宛如巫覡時而抑鬱時而高昂的唱誦聲中，寄念於義，於虛空佈下一道又一道的無形之牆，冥途的結界，大地圖上不斷限縮的圈，一字一句，招引著晃浪各處的魂靈歸返。宣達東南西北四維上下之處皆有害些，不可滯留些，莫對他處留戀些，即使目極千里兮傷春心，一切美好、圓滿而生前未能成全的願望，唯在故居些，已在故居些。

歸來吧，家中有如春的安樂。引我常猜想，母親歿後，日夜對著《心經》條幅上的「娑婆訶」及其生前曾多次在房內聽我誦讀《楚辭》的篇章，應大抵能感受、明白、體會字詞中的祝願與安護、哀嘆與叮嚀。可以吧，應該吧。但我又不禁疑惑，如春的安樂，真的能夠召引母親的魂魄回來嗎？畢竟春日氣溫的劇烈變動，也常是誘發其精神病況益發不穩的原因。

病況嚴重時，母親一日比一日還要晚睡、晏起。深夜，坐在和室裡的書桌邊，左手托著蒼白的臉色，雙眼浮腫地直直盯著手機螢幕看。看閩南語的老歌精選、在家居士的說法講經、各國的玄奇傳說、野生動物的生活紀錄、演技浮誇的搞笑短劇。每當我詢問她：「這麼晚了，還不睡嗎？」母親只是簡短地回答：「等一下就欲睏矣！」又將頭轉回去。偶爾招手，與我分享影像中的奇異傳說，這使我感覺母親日常所做的一切，都只是在消磨無聊的時間。兩個女兒已成家，有兩孫，約莫一個月見一次，兒子甫自臺北搬回不久，晚起、睡遲，為工作奔波臺南與高雄，而後漸漸早出晚歸，有的只是簡單的問候，沒有深談的機會。

或許是意識到這點，母親歿後，我常獨自在深夜的屋內走動。

不開燈，無目的，跨步極緩，緩至向前兩步便停下，環視周身，欲藉敏銳的官覺捕捉虛空諸物的聲響。其中或有母親生前遺留下來的話語，如煙塵積累，在空間的某處，因我的動作而再次引動氣流，感應其觸及膚表的覺受。想像母親仍在目前，揣摩其生前的行履。坐其位、躺其床，翻閱其蒐羅的書籍，歌本、食譜與偏方、親子教育、健康指引。或在客廳鄰近牌位的沙發上，默誦《金剛經》、《藥師經》與諸陀羅尼予寄靈於牌位中的母親聽，予母親講，我對經文的領會以及對她的思念。我想起其生前喜聽經，喜聽高僧說法、大德佈道，那些常是手機影音軟體中長駐的影片，也想起她生前常詢問離家北行的我，何時會畢業，何時會歸來長住，但總是未能得到我肯定的回答。

如今我已常住在家，一日兩次虔信的誦經念咒之聲，欲能覆護與接引。「娑婆訶」（Svaha），佛教真言之末的收束。當我誦畢，思及母親，發覺自胸腔深處掏搭出來的哀嘆聲，也是以「訶」（ha）收尾。「訶」與「唉」相近，有其聲韻上的血緣，一短促一深長，皆是自此肉身發出的氣音。

一氣之吐，縱不比一念閃逝之速，卻是一生念頭之所依。如此想來，臨命終時，若母親意識尚清醒，最後一口對虛空吐出的氣——於鼻腔中的響動聲，亦大抵充滿著感嘆。感嘆於對己命之逝無力的勸阻，欲叮嚀，身邊卻無人——那時間我在高雄的病院看護父親，小妹帶著外甥返回其夫家住處不久——終放捨，氣力釋盡，喉間、鼻腔所能發出的聲音，於焉也有了毅然轉身的形象。

轉身是離去，亦是歸返，是自肉身的小宇宙回到虛空的大宇宙，眼目不可見的國土中，有眼目可見的牌位安座在兩尺長寬的摺疊桌上。桌上有紅燈、銅爐，爐裡香炷如海灘上的防風林，林後的紅龕裡，有母親的牌位。炷上輕煙恆自空中去，如針穿絲線，有形入無形，織就千般的念頭與默禱、心花與意樹，成斑斕的彩錦。復於心念變幻中自前後左右向四維上下，鋪成無垠的夢土。

佛土裡，有金銀、琉璃、玻璃、硨磲、赤珠、瑪瑙，莊嚴雕飾的宮殿與樓閣；夢土上，有紙巾擦去桌面香灰的摩娑聲，有火石與鋼輪相觸滑動的嚓嚓聲，有香炷自袋中取出的唰唰聲，有經書冊頁翻動的沙沙聲，聲聲相繫如念，一日兩次，晨昏定省，佛土與夢土，相即不離。

一切是生者對亡者的祝願，是哀悼，也是召喚。

是充滿矛盾的願母親能夠好好地走，隨菩薩去，聽經聞法，好好修行，晝夜聞經如其生時，又願祂能夠時常回來走走坐坐，看望大夥，護佑一家大小健康平安。在放下與放不下間，在念頭之有住與無住間，我總會想起經典所云，佛土中的奇妙雜色之鳥，出和雅音，是彌陀欲令法音宣流變化所作；其國土中諸寶行樹與羅網，受風吹動，所發出百千種樂同時俱作的聲音，亦有其佛法佈化的效用，意欲使聞者能感受所感，升起念佛、念法、念僧之心。

而我在此處，五濁惡世的熾熱火宅裡，鸚鵡學舌，所誦經咒、所禱心聲，是否也能對已投生蓮池的母親產生影響？

母親的名字之中有「蓮」字，假若一切音聲皆有其目的，有其所感與能感，有其所指與能指，有其對字義的自由添附與增予，那麼當我誦及香讚中的「蓮池海會」一詞時，母親想必也被攝召在內；當我誦畢咒文之末的「娑婆訶」，我與母親，便俱是被感攝的對象——所求得成就、所念受攝取、所行能圓滿。乃至，當我深夜獨自坐在沙發上，望著紅漆黑字的牌位，發出了「唉」此一深長的輕嘆聲，母親與我，便應有了相同的頻率——遺憾、眷念、悔。

和室的落地窗，阻擋不了春日夜間驟降的寒氣，冷鋒突然襲，赤足走在木質的地板，掌心仍能感受到一種粗糙的冰冷。坐下來，輕觸那自窗外映進來的影，狹長若石梯，魂靈的裸足終歸來，踏在木紋上，也似有了一點生機。那是母親嗎？日隱而夜顯，抑或只是陽臺上浴巾的倒影？我躺下，想起母親生前常謂夜寢時耳際多喧雜，客廳有人在講話，但一門之隔的我們站在漆黑的廳堂中，卻什麼也都沒聽見。當時的她會害怕嗎？

只有她能夠聽見的音聲，如今我也在漆黑的和室中，仔細在聽。

母親的牌位如今日夜對著「無有恐怖，遠離顛倒夢想」之字句，公媽燈之紅光耀耀，一切煙塵盡在暗中。她如今已遠離了怖畏，一旁天井映照進來的光，青綠如苔，如實反映屋瓦的色，紅紅綠綠輝映在《心經》條幅上，如蓮瓣悄悄開，光炫紛呈。使我也開始察覺到靜寂之中似有念，如電磁，空蕩的廳堂在夜裡即是一架老舊的收音機、因使用太久而時常發熱的手機螢幕，仍播放著懷舊的樂曲，無言花、雨夜花、花若離枝，花謝落土不再回。

和室宛若手機的框架，客廳是音箱，一切散佈其間的光影、流動的記憶，則是念頭的鼓風機、播放器。在此之時，失眠的我如生鏽的樂器，母親的牌位則是沉默的聽眾。

我仰躺在地，看香炷及其轉瞬即散的輕煙若神祇的樂器，隨處結祥雲，浴室管道間所傳來的排水聲則若連通天地的管竅，引來諸樂常齊鳴，原先沉默的，都在此時展開它們的氣息。在耳際，在客廳、廚房、浴廁、玄關、臥室間，在手機的螢幕上。起身，待清單上的佛曲播放畢，拿著母親的手機，按下關機鍵，掌心傳來頻密而短暫的震動，彷若一種提醒：說法畢，眾生合掌，四方大眾皆恭敬作禮而去，母親趁隙來告別。

母親有話要說，但我盡力在聽。能得聞者，如淺溪溯水系，明瞭一念之生滅的前緣與來續，是最後的交代與叮嚀；不得聞者如伏流，安默獨坐，靜待自己融入地上的影。我不確定自己是不是聽到了，只是靜靜地看魂靈的輕足漸遠去，杳無聲，但至少有跡可寄情。我輕嘆，娑婆訶，如雨雲、大洋、雷之響，浴室傳來輸水聲，是母親的回應嗎？我不確定，只因即使有聲，亦已無跡。

輯三

沉默的器官

木紋之心

晚間十一時許，病床上的父親睡下，我悄聲穿過一床又一床的病友，闔上門，見清寂敻遠的長廊如一條筆直的溪，橫溪過，腳下的鞋若溪上凸出的石頭，引我來到被霧玻璃圈圍起來的交誼廳。一室在此，若微微隆起的沙洲獨立於溪河，收留著自四方漂流而來的疲憊之人，牆上的液晶電視叨念著舊的物事，互不相識的病人家屬各自癱坐在棕紅色的軟沙發裡，面無表情地看著手機的螢幕。昏黃的燈光下，眾人都有一種經時間之流淘洗過後的古樸之意。

身在其中，閉上眼，想起兒時隨從事珠寶加工的父親北上謀職之情景。彼時常遷徙，演繹游牧的民族逐老舊的公寓而居，在宛如迷宮一般的永和與中和彎彎繞繞，住下，而復離去，住下。父親總會在賃居處擇一僻靜的房間作工作室，擺上兩木製檯桌，桌旁是砂輪機與拋光機，砂紙、焊槍、鉗子，像極白色藥缽的耐熔坩堝等常橫陳在桌面。偶爾，也可見尚未完成的戒臺、待打磨的寶石壓在其所繪製的設計草圖上，宛如一則尚待被實現的預言。

器械的打磨聲，總使我聯想起在診所，醫師拿著牙鉗要我張嘴之景。工作室宛如是父親的體腔，器具的金屬光澤則常使我戒慎，木製檯桌像極了手術臺。我總揣想，金屬亦有其危脆的肉身，空氣裡那幾乎細微不可見的煙塵則是其四散的血霧，人對金屬的傷害，煙塵如刃，積在肺裡，金屬也將在此中反過來傷害我們。那裡恆恆是我的禁區，只有在極少數的時刻才被允許進入，例如，當我感到一屋陰森而惶惶惑惑、寂寞的時刻；例如，當閒置的房間、空曠的客廳與狹窄的長廊漆黑一片，而使我感到恐懼如魅影在屋內四處徘徊的時刻。

兒時，聽友伴說起恐怖而不可考的靈異故事，總一再被提醒不要對來路不明的神像許願，乃因願望越大要付出的代價就越多。「我們不知道神像裡住的會是誰，可能是菩薩、天神與地祇，也可能是山精、魍魎與魔鬼。」友伴說這些話時，有一種洞明世事的了然，在篤定中作高深。這使得後來的我去到宗教場所，都會盡可能避開高大聳立的金剛護法、面目猙獰的將軍神偶，只覺得佇立其下，恐怖、威壓，一種大如牛眼瞳鈴的凝視，宛如要深深地把人心看破。

把胸打開，把心看破，坦露與追索那些意念生滅、展續變形的軌跡。直到年紀稍長，才明白那些是神聖的護法，威嚴故，能行護衛；明白寶殿中左右兩側十八位姿勢怪異、鬆袍懶衣的銅鑄羅漢們都有其各自的寓意與故事，永住世間、不入輪迴、護持正法；明白不要怕代價，代價也是一種承擔。

即如，未經允許闖進父親的工作室，輕則被趕出去，重則換來藤條挨打的代價。我想，他怕的不是裡頭的物品丟失，而是我的輕舉妄動會打亂他的規劃，破壞他那些加工至一半的作品。一次，趁父親午睡，先是站在門前聆聽臥房內有無鼾聲，再推開一小角房門，確認他睡著了，這才悄聲溜入門戶緊掩的工作室裡一窺其中的堂奧。是時，煙塵已歇，氣味薄淡，各色工具散列在前，坐在父親鎮日工作的藤椅上，傾身，椅墊三分滿，小計得逞，便有些自滿。

初時，藤椅所發出的咿呀聲總令我緊張，但幾次之後，膽子便漸漸大了起來。順著窗口透進來的光，兩指捏起桌面上待修的戒指，想像它們在銀樓櫥窗裡的模樣，揣想是什麼樣的人會帶走它們呢？是什麼樣的人——如我，如勤懇而多沉默的父親——身無長物，只負責加工、製造，但不擁有。捏起，審視，再輕輕悄悄地放下。父親的工作室像一個中繼站，它們在這裡，我們在這裡；它們不久後會離去，回到時髦的臺北；而我與我父，不久後也會再次搬遷。

二〇〇八年，金融海嘯，遷居回臺南的父親幾無案件可接，不得不考慮起其他的營生。兜兜轉轉，賣過幾種小食，最終與母親尋了位址，在銀行前擺起早餐攤位，賣豆漿、飯糰、刈包。那些珠寶加工的檯桌、器材、機具，能賣的便賣，不能賣的就堆在儲藏室裡蒙塵至今，與之蒙塵的大抵也有一些本自沉默的物事。如空花與夢想、如天神與地祇，如雪上加霜的家裡的經濟。

沒幾年，父親便檢查出了肝癌。再幾年，手術刀在他的胸腹劃開了一道門，幾扇窗，一道，再一道。是身如危脆的國土，一部分一部分地割讓，一再付出代價，一次又一次地進行肝動脈栓塞、無線射頻燒灼，又只能接受它一部分一部分地死。時間在死，時間又在重生，但一具不健康的肝卻不會。

父親自小在南瀛的漁村長大，境主廟裡的爐丹常為村民們帶來心靈上的加持，村裡唯一的西藥房則是眾人肉身的救命之所。據研究與父親口述，早期，鄉下藥師常暗兼醫師之職，西藥房裡來歷不明的針頭與藥劑為村民們進行了一次又一次肉身病苦上的治療，只是針頭常共用，成為了日後整座村莊B型肝炎、C型肝炎盛行的遠因。但能責怪誰呢？在交通往來不方便的偏遠鄉下，生小病，就醫，經濟上或許勉強能負荷，若是大病，則多傾家蕩產不得治。

手托金屬盤，暗紅色的臟器上佈滿大小不一突起的白黃結塊，醫師指著凸出而不規則狀的腫瘤向我們解說病理的發生，解說那些宛若軍隊的癌細胞是如何由一據點靜默地強壯，逃過高濃度的酒精與高頻電燒而未死。那僅存的五分之二的肝又有多大的機率將持續地硬化下去，只能透過藥物推遲其時限，像一則持續發生中的預言，一則無可轉圜的預言。就像是金屬的報復，過去對於金銀銅鐵等金屬的割截與磨損，如今則俱都返還於父親的肉身與臟器。

睜眼，凌晨的交誼廳只剩我一人。望向霧面的玻璃，想著玻璃之外即是靜謐的長廊，長廊邊有一間又一間的病房，一房三床，父親的床位就在窗邊。往窗外看，遠處是被昏黃路燈圈圍起來的澄清湖，向下看去，就像黑色的、巨大的逗點，亦若說不出口的陰霾生在大地上。下方翠綠的行道樹被熾白的路燈照耀得像蜿蜒的靜脈，左右無聲，偶有高速的車行若隔床病友傳來的小小呻吟。我在交誼廳中，我猜測，此刻的父親，應該仍在病床上熟睡著吧。

隔壁床的病友，先是水電技師，後來則換成一名建築工人，再隔壁，是老邁的公務員已做完手術即將出院。白日，父親與病友們聚在一起，討論各自動過的手術以及術後的狀況，像上過戰場的兵交流著各自的功勳和經歷，但又在靜寂的夜裡，無論有伴相陪、無伴相陪，都抱著各自的病孤獨地睡去。

我想起父親的工作室裡有一個巨大的龍眼木塊，乃鍛造敲擊用木鉆座。每當他專心描繪設計草圖時，若蒙允許，我則在一旁拿著美術課派發的版畫雕刀，無聊地在木塊上隨意鑿刻著。父親見了也不責備，只是要求我把地上的木屑清理乾淨。當時，我常有一些不切實際的想法，欲將木頭鑿刻成人像，現在想來，那塊木頭就像是父親的一部分，是其肉體的延伸，亦是我與我父關係之象徵。是其年輕時為了撐起一個家而被命運鑿成木雕的金剛，因寡言而勇猛、因貧窮而精進，只是不免最後還是迎來鐵鏽與木腐，不免輸給了時間。

昭示著萬物生長，在得到生機的同時也都有其應付出的代價。若一種血緣的承繼，父親的木訥在我的身上又進一步增生了軟弱、敏感與抑鬱，這使我常臆慮，自己是不是他手中唯一的失敗品，我是他命運的代償。他是常怒目的金剛，而我是被匠師雕壞而丟棄於屋舍前襲風披雨的羅漢。

想著，走著，離開清冷靜寂的交誼廳，回到病房。聽見父親發出小小的鼾聲，感悟到工作室裡那塊被截斷的龍眼木早已不是父親的樣子，現下的他更像是林中樹根基座上那雷雨過後所萌發的新芽。此前都是捐輸，此後應得頤養。我也能明白當年的自己拿著雕刻刀所欲雕鑿的或許正是曾經懼怕的金剛模樣，我刻它、鑿它，在腦海中觀想神像，刻祂、鑿祂，宛若刻鑿自己，希望自己能夠更像父親一些，有能力衛守所愛的一切，擊潰內心的卑怯。

多年前，街頭偶遇算命師，說我六親緣薄，日子過得越不好，家裡的人就越好。那是一種預言嗎？我不知道。我只知道初夏的高雄如常炎熱，但在凌晨兩、三點的病房裡卻永遠都是恆溫的二十四度。自家裡帶來的棉被與枕頭，始終被我擱在門口的衣櫃，門上標誌著床位的歸屬，二十房，C床。每一床都隱喻著一種病或多種病的程度，但我相信父親終會轉好。相信我們會搬遷、出院，回到自己的家。我也或許會接起他那小小的攤位，即使他會哀嘆，搖首，然後如常地說一句「扶捔矣」，怒我之不爭。

面對器官移植前的種種評估，父親並不害怕。他害怕的總是我為何還不從研究所畢業、還不找個穩定的工作、還不結婚，還不能拿錢回家支援家計。我明白，但我不說，好好當一個沉默的器官，暗暗進行著靜定的感應。午間，他與我一起到地下二樓的美食街尋找吃食，晚上，與我分享他在網路上看到的有趣影片。即使情節多浮誇，但他如孩子般笑開的模樣，使我覺得這樣就好了。

這樣就好了，捐肝、置換、移植，將我身沉默的一部分置入父親的肉身裡，這樣的移植宛如護法。我自他來，如今返還，添一絲生機，成為父親後半生的神將、乖巧善良的哪吒，這樣的願望即使有代價，我也並不害怕。

水琴

王爺廟神明聖誕，父親驅車載我返鄉。途中，聊起家族的排行。我問起，伯父們都是「德」字輩，怎麼來到他卻以「水」易「德」，喚作「水琴」？父親說，祖父年輕時在鹽田當工人，為了感念鹽官的照顧，遂為他取了與鹽官一模一樣的名字。儘管父親對此並未再多說些什麼，但頂著恩人水琴的名字，在物資貧瘠而只求一家能夠溫飽的時代，是祖父對他者所施之恩極大的珍視，同時也透露著其對幼子的期許。

我與祖父只在假期見面，一面一次，一面又一次地感受他的衰老。碰面的地點自客廳、飯廳、沙發、輪椅，到終日見其躺在寬闊的通鋪，日光自木頭隔板上雕鏤的花鳥圖樣之縫隙斜斜探進，如一把隨時隱沒的天梯，看護相伴，常淺眠無語。沒幾年，祖父與祖母便齊齊走上那道光鑄的梯，走進頂樓神龕，走進牆壁上一張又一張的黑白照片裡，其肉身的遺存亦自祖屋遷居至長年蒙受地藏看顧的塔廟。即使，甕是冷的瓷白顏色，但其相片上的笑容仍有生氣，像冥陽中介的一扇窗，由裡向外看，也由外向裡看。

十八歲前，我與我父日日相見，但卻像是隔著一道牆，彼此鮮少認真地談話。我自小淡漠，不吵、不鬧、不要求、有禮貌，時刻提醒自己不要為他人帶來困擾，總覺得自己笨拙，少了一分「野性」。關心諸事但不追問，大多時候只是聽，聽了之後積在心中想。長輩見此模樣，常謂我乖巧、得體，我遂以為那就是「安全」的樣子——一種足以成為他人模範的好——偶有行事不符期待，一句「你怎麼這麼不會想！」又會促使我反覆質疑自己是否正朝著「不安全」的樣子靠近。彷彿不管再怎麼懂得識人臉色，總歸仍是個不成熟的小孩——成熟是符合他人的期許，不成熟是只想按照自己的期許。

說不上壞，但也談不上優秀；說不上無聊，但也不怎麼風趣；說不上粗鄙，但也大方、幽默不到哪裡去。

想得多了，便時常感到抑鬱；想得少，又暗暗覺得自己似乎對誰有所虧欠。時日一久，便成為了心中的病。心情不好時，拿著一把廉價的吉他，將自己關在房間裡，看著編列成冊的曲譜，一首又一首，一次一次，讓指法領著琴弦深陷在左手的指尖，在其上壓出一道厚厚的月形繭。想著繭中藏音樂，如厚重的雲層裹住雷聲，醞釀著近於木質腐朽霉變的氣味，一種腐壞，琴弦在指間留下的刺與痛，不可見，如心中的委屈，亦如我父心中所可能擁有的委屈。

高中畢業後，北上求學，吉他在家中的和室裡閒置著，成為蒙塵的擺設。和室是通往陽臺的必經之路，當陽光穿透玻璃與紗門，日日照在吉他的板材上宛若一種護持，但也同時是傷害。那年我離開臺南，琴音便不再穿過和室的門，而是破出厚繭，成為上天的樂器，隨我來到桃園、新竹，困在臺北，成為打在鐵皮之上的雨聲。陣日綿綿、午後隆隆，伴我度過了漫長的一天又一天。

我相信雨是神對世界所有音聲的調校。每一束皆是時疾時緩的鼓槌，敲在任一處或鬆或軟或剛或硬的平凹之處，奔急的節奏似在催促：要走快一點，走快一點，在這般充滿距離感的關係裡，人與人、城市與城市、宇宙與心。看周圍的人來而復去，所有的關係都像城市裡難得一見的蜻蜓——你相信牠在那裡，卻總不輕易看見，當你無心追尋時，牠又突然出現於爬滿青藤的牆圍邊，在空中游移、虛點，停棲在乾枯的草枝上如一靜默的老僧。

牠的雙眼於光照之下有諸般顏色，雙翅如長簷，莫名使我想起家中那把吉他因受潮而微微彎曲的琴頸，銀弦上的鏽跡，竟也有疲憊的樣子。而我的父親——水琴，其日漸傴僂的背脊，似乎也是略感疲憊的琴頸。其身上有好幾個針扎的洞如弦釘的孔，有時在手臂，有時在大腿。胰島素一日兩次，家族的遺傳，肝臟的炎症則是久遠前便已存在的病根。

換肝手術後，父親住在病房裡，各種管線接在脖頸、腹部、生殖器上。晨起六時許抽血，鎮日打點滴與各種營養劑，輸入、輸出，細微而幾近不可聞的液體流動聲融入了病房的背景。吵雜的護理站旁，病床與病床之間的隔簾常因人物的走動而如水面橫波，父親的作息就如同有人在水中撥琴弦，水是琴的本體，液體的流動帶來生命之所需，亦帶走此身之廢棄。我曾問過父親，對於即將到來的手術會不會感到害怕，他只是說：「有什麼好害怕，院長都移植過一兩千個人的肝了。」但其術前的日日失眠，仍然出賣了他的心。

其內心的掙扎與煎熬，若能轉換成聽覺，大抵即如恐怖電影般的配樂：長指甲刮劃玻璃、金屬棒敲擊欄杆，生鏽門軸反覆旋動所發出的刺耳摩擦聲，齊齊迴盪在狹長的樓道裡，忽遠忽近，歪曲而綿長，彷彿薩爾瓦多．達利畫作中一切變形之物的聲符化。癱軟的時鐘、物與物的相合、變形的人，發出這些懾人聲音的，都是來自於一種被稱為「水琴」的樂器。

電影裡，「水琴」常被用來生成恐怖、懸疑的音效與配樂，透過敲擊、刮劃、摩擦，向虛空發散刺耳的音頻，圓盤邊緣排滿斜傾的柱狀鋼條，如一節又一節的枯指，音聲悚然，像是來自地獄的呼喚。水琴、水琴，水中之琴，一個詞彙的涵義，有對他者的感念，有對他者不吝施恩的慷慨，卻也同時擁有著詭譎與驚心。而驚心是雙向作用的，作用於頂用此名的人，作用於呼喚此名的人。

國小導師課，老師要我們在黑板上寫下父親的名字，無論我事前練習了多少次，講臺上，總會在「琴」字的「今」上多寫了一劃，寫成了「令」。導師說這個名字取得很美，世間本無水中之琴，「水琴」二字化虛為實，充滿想像，但你怎麼會連自己父親的名字都寫錯？我覺得困窘。臨下臺，導師自認詼諧地補了一句：「連爸爸的名字都能寫錯，你是不是被偷抱來的？」一聞言，同學齊聲大笑，我卻想著自己應該做出什麼反應？是和大家一起笑？還是拿起板擦將多出來的一撇擦掉，向老師認錯？

但要認什麼錯，是父親的名字很美卻因我多寫了一劃而成為了錯字，有了瑕疵，還是我過於敏感，應當落落大方地回答道：「我媽也說我是撿來的。」

「我是被撿來的」、「不請自來的」，這般習於自貶，是我的瑕疵嗎？三十多年，時間流轉如一幅星圖在窯場的內部，獨立其間，看待周遭的人事，感到彼時有一窮極無聊的孩子不斷撥弄著蒙塵的地球儀，使之塵土飛揚，看海洋與陸地在眼前快速旋轉而成模糊的色塊，成為他者對我們全部的印象。我們就像窯場的囪、地球儀裡的支撐軸，或站立、或傾斜，時常感到有輕微的振動，敏感於當他者有心乃至無心對待我們時。

感到疲倦，歷經一整日的檢查，父親好不容易能在病床上好好休息。其雙眉攏聚成峰，彷若心花正苦苦攀著意念的大樹，體腔內蓊蓊鬱鬱的森林、交錯縱橫的河流皆在睡眠中現形。每回入院，肝膽胃腸科，各種藥劑與顯影，都像是一支又一支探險隊體內的森林歷險，撥開林葉之下的蔭。看肝氣鬱結成礦，採集臟器上的礦石，護理師與醫檢師們則似調音員，來回調整弦距，弦釘插了又拔，旋扭轉了又轉。看著沉睡中的父親，我常想像其體內的小宇宙裡有一片星雲正在衰老、崩裂，而後沉默且溫柔地爆炸、碰撞，直至碎石飛抵宇宙最外的一層膜，宇宙之外另有宇宙，地心之內另有世界。

一切的癌變是兩個相異文明的接觸，卻不意為其帶來災異與劇變。

一次，看見行腳節目的主持人介紹日本庭園裡的水琴窟。技師將一個密封壺埋在碎石子之下，當人們舀水洗手，沁涼的清水擦過膚表而落地，間或彈起三、五顆細小而不可忽視的水珠，餘則擠過石子的縫隙，自一倒懸的壺面小口落入水門，於壺底的水面上激起隱微而不可見的水花。如雨滴的聲音斜向敲打在銅鈴上，因金屬間的相互觸碰發出了清明脆亮的聲音，使人們篤定有一些什麼正在腳底下發生——物與物、物與虛空之間的共鳴，就藏在眼前的礫石下。底下有一壺，是土地心音的來處，亦是其歸處。

我將影片轉貼給父親，他說有機會去日本，便去看看。同名為水琴，為樂器，一則在虛空中為影像帶來感官上的危懼與刺激，一則在礫灘下為人們帶來心靈上的安閒與清寧。一種名號的兩種面向，使我想起父親自發現腫瘤到決議換肝的這十幾年來，其一日之行程，往往是凌晨五點半出門，六點擺好攤，十點半收攤。在家休整一陣、採購明日的食材，用餐、小憩，午後近晚起身，切油條、炒菜脯、三層肉汆燙去血水。夜間十點就寢，凌晨四時起床，在廚房備料：炒蛋、煎香腸、炊糯米、蒸刈包，將冷熱豆漿分別裝於茶桶中。使得整個客廳、廚房以及一旁的和室，都因食物的炊煮而熱烘烘的。

彷彿父親本來就活在熱氣之中。我想起大學寒暑假回家，睡在和室裡，為求省電，不開冷氣，常在凌晨時刻被廚房蔓延開來的熱氣給烘醒，腦中浮現出《法華經》中所謂「三界無安，猶如火宅，眾苦充滿，甚可怖畏」的名句。待在和室中，如有大火在旁邊烤。起身如廁，見我父水琴獨自一人身在廚房，身後是炊飯的大鼎，陶鍋裡是熬煮中的炕肉，瓦斯爐上則是熱豆漿與熱紅茶。大汗淋漓下，肌膚在日光燈的照射下彷彿滿是鹽晶，若一架獨弦的琴，銀弦的鏽痕。能想像當年擔任鹽工的祖父，亦大抵如父親一般似一條琴弦獨自在水中顫，音聲不顯，但如一座火宅裡頭的水琴窟，讓心安靜、念頭單一。

這些年，父親逐日地消瘦、老去，溫言軟語取代了過往言詞交鋒時的嚴厲與冷峻，關心我的學業、工作、感情與在異地的生活，和我分享親戚的現況與變動。彼此沉默相對的時間少了，我知道，這些改變其實來自於彼此之間的陌生。即便看起來更加熟稔了，我仍明白自己未有一刻接近過父親所期望的那個樣子——獨立、成熟，懂得各種人情上的交際與應對——乃因當我談及現在，他溯及過往，我們都未曾觸及過對未來的規劃。這使我不禁猜想，父親對我的標準是否已隨著一年又一年的期待落空而遞降，降至只求我能夠好好地保守自己，降至我所做的種種營生，能夠餬口就好，不求有什麼大的成就。

談話間，車子已過村口王爺廟的牌樓，沿堤邊的道路開。比堤岸還高的三層樓觀音寺恆恆朝向蔚藍的海，陽光照在海面上，波光如琴弦的顫動，是觀音的手指如風輕撫，演奏南國的小調來迎接。觀音寺後，是位於村落中心的李聖宮，海口腔的閩臺語時不時自廟宇前的放送頭中傳出，提醒村民攤商們的到來

——晨間是漁獲、蔬果，午後則有蚵嗲攤位緊鄰著臭豆腐、大腸香腸兼賣著甜不辣。我想，廟中王爺若能顯聖，其口音，大抵也是這般的鄉土和在地吧。

兩間寺廟，一間沉浸在海潮音裡，一間處在市井喧囂中，生活在此間的人們，彼此都有著或遠或近的血緣關係。這邊叫叔叔，那邊喚嬸婆，一房、二房、三房，每一個分支都成為了源頭，大夥如琴弦相並，一座濱海的小漁村，攤開地圖，形狀便像是一把月琴。對父親來說，這把琴，音色清亮、動聽，乃因每一次歸返，都能從其臉上的神情察覺出他的安定與欣喜。親戚、朋友、同學，談論間總是聽到某某某也是馬沙溝人[3]，一根弦引出了一根弦，一根弦重新被按回了熟悉的琴頸之上；也是一把樂器，曾經彈奏得累了，如今復又試著發出聲音，尋找相似之物。

3 地名據傳乃因清將施琅靖臺有功，清廷賜跑馬三日為世襲業地，由今將軍區西隅的馬沙溝登陸起跑，後施琅率施姓族人及吳、王兩姓戚親入墾漚汪溪南岸一帶，而形成「將軍庄」。

就像那把陪我度過青春年少的吉他，也是父親偶然於路邊的廢棄物中為我尋回來的。

※本篇獲二〇二〇年第十屆全球華文文學星雲獎人間佛教散文佳作。

雙眼如幕

我父與我分住不同病房，皆為了接下來的肝臟移植做準備。

病房裡，大多時候都安靜地如一狹窄的盒子，白日，偶有家屬、友眷來談話，夜裡則僅有臨床病友熟睡後的呼吸聲。鎮日沉沉，累極則生鼾，彷彿體內諸器官突生意識，紛紛意欲向時間證明自己的存在，掩蓋敗壞的程度。又若一把憔悴的笛子被逞強的人吹，氣弱、神乏，笛身有與萬物擦身的痕跡，斑駁、割痕。知道自己很努力了，躺在床上，仍不斷傳來劇烈的咳嗽聲，每一聲皆如雨珠落地，漸累漸積，漸次瀰漫開來，使整間病室彷若共享著一個生病的肺。間歇處，萬物彷彿也在彼刻靜止下來，唯有區隔病床的簾幕，因病體在床上的翻動而引擾了氣流，使之有輕薄的搖撼，如不被意識到的雜念。

父親罹癌已八年，或者更久。

年輕時抽菸，但不飲酒，後來戒了。二〇一二年曾動過一次手術，而後有更多的治療，只是新的腫瘤仍孳生，此次做完電子燒灼術，就要按照醫師的建議進行換肝。醫院通知我先來辦理住院，評估身心狀況是否符合肝臟捐贈的要求，我向公司請好假，南下至長庚。院區的空氣彷彿有催眠的作用，打從住進病房，每到晚間十點便會感到眼皮微微沉，將書擱在床邊的櫃上，倒頭旋就睡。許是因為空氣太乾了，或終究染上了鄰床吹過來的風寒，總覺得喉嚨時刻被掐著，喉間如有一片流沙地正吞噬著話語，使我一開口，聲音就宛如裝上了變聲器。沙沙啞啞，夜不安寢，即使是白晝，也覺得如鯁在喉，有口難言。

室內的氣溫隨夜色漸漸涼，又再增添了幾分倦意。門閫上，隔絕外頭比光線還要明燦的聲響，鄰床正昏睡，牆上大時鐘的秒針若永恆的點滴，催促著護理師推來藥臺分配各床的藥物。有時，是推來測量血壓的電子機器，量測完畢，聽其發出三個連續高漲的音，像電玩遊戲中達成某種成就時的音效，提領一句「血壓正常」的獎勵，便結束這一回合。

結束一個回合，生存的能力無有增長，種種檢查都只是為了對生存狀態的一再確認。接著等待下一次，再下一次，穿插各項檢查：凌晨五時許抽血，早上超音波、心電圖，下午電腦斷層、核磁共振，靜待精神科醫師來會診，一日之行程，便彷若一生之隱喻。

換肝手術的前兩天，父親聽從醫生的建議，自費做更精密的正子攝影，意外發現右側扁桃腺有不明的白色腫塊，為求謹慎，主治醫師將換肝手術推遲了一週，告知父親假若腫塊的檢驗結果是惡性的，便意味癌細胞已擴散，換肝一事就不可行。我辦好自己的出院手續，將行李移至父親的病房，繳完費，坐在家屬陪伴床上，見父親深鎖的眉頭，明白其心中的憂慮——換肝若不可行，此前的一切努力都將成徒然的消耗。

那幾日，父親常賭氣地說：「早知道就不要做什麼正子攝影。」話吐出口，眼中有淚光，但我不知道是年老後眼睛的乾澀所致，抑或是內心真的為此感到憂傷，畢竟我鮮少見到父親流淚，也幾乎沒有見過他如此無助的樣子。等候結果的那幾日，除了口頭勸慰他不要想太多，除此之外，我也不知道自己還能說些什麼、該說些什麼。畢竟我和他一樣，都是不善言詞的人。

晚上就寢，父親焦慮到需要仰賴安眠藥才能入睡。我側臥在陪伴床上，將手機的拍照功能打開，偷偷攝下了他沉睡的樣子。

臨床的燈光透過薄幕映照在臉上，使其側臉看來有些陰鬱，但卻更像一個

「人」。彷彿只要有光源籠罩的夜晚，都足以使一切柔軟起來。我想起，自我成年獨自離鄉，求學、工作，北上十餘載，即使短暫返家，我與父親也多是窩在各自的房間，不若小時候睡在鐵皮屋的大通鋪上，總是能夠親切地聽見此起彼落的鼾聲，相互打擾又互相體諒。我反覆想著父親睡前問我的話：「什麼時候自研究所畢業，找個穩定的工作？」我記得母親也問過我一樣的問題。

說了聲：「快了吧！」便藉口要去超商買東西，離開病房。這些年，在感情、學業、經濟上所遭遇的委屈與萎頓，其細節，有一些難以向父親開口，另外一些即使開了口也對事情無甚幫助。既如此，不如不說。三十歲了，仍學不會在父親面前示弱，也不願在父親面前示弱，讓他覺得我是沒有用的人。

翌日睡醒，睜眼，父親已不在床上，其習慣早晨自己推著點滴架至走廊活動。我仍不想起身，眼前，一條塑膠珠串起的窗簾鍊條垂在空中若虛浮的水袋，塞滿了各種背景：窗框，框中嵌玻璃，玻璃外有規矩的磁磚，沿著視線走啊走啊就宛若陡升的指標奔向天際，引領眼神的火箭順著軌道飛。其盡頭，是灰濛多變的雲、虛張聲勢的烈陽，一切都虛虛浮浮的好不真實。

若高明的幻師在虛空中搬演著一場與夢有關的戲碼，我們都是醒著造夢的夢中人。揣想高樓層的病房，也許有風雨、鷹隼，但這個季節大風大雨來得少，空中盤旋的猛禽亦少見。人人縮在以病床為核心的小方格裡，擁有家屬夜宿的陪伴床、點滴架、置物小櫃，將布幔拉起，便是一個又一個造夢的空間。

多好，病房內，所有的隔閡都是軟的。一塊布薄透得只要輕微的吸呼便能擾動，像波浪被海岸拉扯了許多次，帶來彼岸的祕密。

我有時候也懷疑，整間病房的宿者，會不會都共享著同一個夢境，正如同這一層樓所收治的都是患有同一種病症的人。他們之中，有些人是第一次進來，仍有輕微的憂慮與緊張，有些人則已進出多次，老沉、樂觀而又淡定。他們彼此間以「同學」相稱，同學、同學，同在一起住，夜半賽鼾聲，先出院者為學長，再進來就成了學弟。做評估、切片、手術，面對難解的病症，相互提醒平日須留意的事項，吃一輩子的抗排斥藥、寫衛教考卷，諸此種種，就只是為了不要搶在別人之前，於這門學科先畢業。

畢業了，會去哪裡？睡著了，會往哪裡去？當肉身消滅，意識如電燈的開關被按下，我們還擁有什麼？在這個狹仄的病房裡，一個床號所能持有的極其有限。當布幔退至牆邊，病床便成為了家具似的存在，也唯有整間病室都空無一人時，物事才能安然地作著屬於它們的夢。當布幔被拉起，每一床卻又像極了父親置物櫃子上那包新買的孔雀餅乾，擁有著一摺即變形的紙盒子，裡頭薄塑膠的格子，一格一格，裝著一捏即碎的餅。

我記得外公喜歡吃，父親偶爾吃，但不為喜歡，只是當作是控制血糖的工具。而當我想要試著更理解他們時，偶爾也會買來嚐嚐味道。濃厚的蛋香，酥鬆、香脆，但總會因暴露在空氣中太久而受潮軟化，如同這間病房裡並排而寢的人、緩慢被癌細胞吃掉的人、和餅一樣脆弱而須留意照料的人，人人都是有保存期限的，都需要被小心地收納，彷彿也會因不小心受潮而癱軟。

病院外的聲音如是，晨間射進來的陽光如是。我理應如是，在父親面前，要將自己的脆弱小心地收納。

病房的窗戶將世界的嘈雜隔絕在外，父親的化驗結果尚未出爐，百無聊賴的時候，我便透過狹長的玻璃望窗外。看髒汙附著其上，一格一格，像一幅幅連動的默片。童年時，偶得零用，即到巷口的雜貨店裡，抽紙籤、兌玩具。印象最深的禮品，是一臺兩個成人指節大的塑膠相機。按下快門，便有一幅景色轉動在前。

將眼靠上景窗，眼睛與景片有距離，周遭有暗影，像孤獨的甬道通往明亮的石室。按一下，轉一幅，再按一下，再轉一幅。即使畫片有限，即使那些畫片只是畫素甚低的風景照，但仍使當時的我對這小小的景窗感到著迷。或許正因為景窗小，所以更需要窮盡眼力去看清。當我戴上眼鏡，眼鏡貼著景窗看，裡頭可反覆再現的影像，彷彿才是帷幕後世界真正的樣子。

雙眼即帷幕，在某些神祕的時刻將帷幕拉開，時空便會永遠地停住、定格。景窗裡的人物是寂寞的，樹是寂寞的樹，聚在一起成為森林，森林也是寂寞的；湖泊是寂寞的，在被看到之前，水面與天空俱被黑暗掩去了顏色；日光是寂寞的，當世界一瞬閉上了眼，便進入永恆的睡眠。相機裡的一切，彷若新生的苔蘚沉沉寂寂，唯有某人在遠方按下快門，將世界轉到景框中，它們的寂寞才又鮮明起來。

被看見了，也許就只有這麼一次，因被凝視而存在，也可能只有這麼一次，每一次，便都是永遠。這使我相信世界的存在轉瞬即逝，意義只在當下發生；世界的本質是得到觀照，世界的樣子很可能也是被設定好的——像一套正待搬演的劇本，差別只是誰負責扮演被凝視的角色，誰成為觀照者。

那麼在醫院的檢驗科裡，檢驗師於顯微鏡下所看見的腫瘤細胞，也是如此嗎？當我年逾而立，向父親談起對世界的認識，觸及的仍大多是內心的想像。也許當我們對於內在世界的想像到極深、極廣，就有一些外在世界的真相被包含在裡頭，有我們的影，能在此中造出物來。

有心結能成為化就、毀壞一切的驅力，有愛與恨帶來茫然，如在霧中摸索，有這般徒勞如沙灘漫步，潮水隨即帶來泥沙將腳印遮掩，但也並非一無所得。那麼外在物事的自身、世界真正的樣子，當它們被創造時、被遺忘時，肯定也一併沾染了創造者的情緒與心念。一樣會恐懼、擔憂與徬徨，會作夢，懂親近，暗暗發送念力與磁場，引發各種異變，引人們前來凝視與觀照。

察覺它們的倔強，察覺它們所屬之肉身有多少無可言說的寂寞。當我思索起「看」與「想像」，涉入語詞的意義復沉默，像一道光停留在某處而顯現出歪曲的影子，我或許就是世界的樣子，被一切影像給保留下來。

我想起父親早年嗜攝影，一臺老舊的底片相機，每一捲底片都留有家族的紀事。透過景窗，耳邊傳來按下快門的聲音，閃光不斷，連動某種內建物事之運轉與抑止，記憶於焉被留下來了。即使日後在腦海中漸漸淡去，但在某些時刻，當它們突然被憶起，也會有極似病室內各種探測生命之儀器的發動聲，自沉悶到響亮，由死還生，緊繫體腔內的臟器。對於來自虛空的探問、人事擾攘，都會有明確的回應。

最終，父親仍在醫生的建議下做了扁桃腺切除術，幾日之後的化驗報告出爐，顯示扁桃腺的這顆腫瘤為良性，原先排定由院長執刀的換肝手術得以按照既定的規劃來進行。聽到這個消息，父親的臉上有了笑容。待其做好檢查歸返床位的空檔，我滑著手機相簿裡的照片，看著他熟睡的樣子，與之同時，螢幕倒映著我及身後的景象——明光燦燦，一隻鳥在窗臺邊棲息。轉身，不知名的鳥禽振翅欲飛去，引得窗簾的鍊條微微晃，床頭的佛卡落了下來。

假設心即是物，所見即所念，古德云山河大地皆是法王身，我猜想，鍊條上的珠子或許也是遠古諸佛如如心念的當代化現，似一顆顆待描的淚垂在白色的牆壁間，也似一節一節歷代高僧所獻出之森白的眉骨被串起，磨出光亮明潤的形狀與顏色。於病患與家屬的扯動間開闔景色，模擬一室的睜眼與閉眼，模擬一時的睜眼與閉眼，開示水月鏡花終是幻，有隔閡恰似無隔閡，是幻亦是真。
我們都是被凝視的角色，是病苦，也是凝視病苦的人。

靜物之聲

餐點分別會於早上八點、十一點半以及晚間六時許由護理師送到桌邊，晨起是粥，午、晚餐則是米飯再加一顆水果。開餐盒，常覺得自己就像坐在畫廊裡，看海景風情如幻鋪染。若說配菜是海景於病房的搬挪化現，主菜則像是廣漠枯木、木上老樹皮，承載時間的滄桑，乾癟柴硬，一口咬下去，有話不能說，盡在表情顯；又似一隻魚，所有的鹹澀，只有自己知道。

面對這般的吃食，我總是匆匆扒了幾口便請護理師收去，不意卻在翌日換來醫師的警告：「數值不到標準，我不敢讓你出去！」這使我感到有些委屈。也曾想，是不是管線中的藥劑對味覺產生影響，使得他人口中的美食成了我嘴裡反覆咀嚼的蠟。次日，病床上，護理師解開我的衣物為我擦身，為了降低赤身裸體的彆扭感，我與她聊起醫院的飲食。聞言，戴著口罩的護理師露出先知般朗明世事的眼神，說：「不是你的問題，是醫院的餐真的不好吃！」

這才稍稍確定手術前臨床病友口中的「難吃」，並不是在外養尊處優，而於此覺得餐點清淡若水的毫無滋味，而是鹹、澀、乾、柴等口感與味覺被放大再放大，若善本文獻微縮膠捲佔滿整個電子閱讀器之不夠，再投影到素白色的牆面上圍攏肉身的四維上下虛空，這般的味覺刺激。又或者，是某物經時間淘洗與醃漬所遺留下來不腐的骨幹，而這一間一間相互隔開的加護病房則是醃物之甕，甕中一張床，床邊一檯桌，床頭有各種精密的儀器；房內一角，高掛著液晶螢幕，那是親友探視的通道，像甕的開口，而我則是安躺其中的漬物。

探視的時間，一日三次，一次十分鐘，且只能隔著螢幕與家屬對話，但家屬能託護理師將外面的食物帶入病房。一房之內與外，透過螢幕，被區隔成兩座漂浮的板塊。我就像是身在宇宙裡的太空人，荒涼星球上獨自活動著的探勘車，乃至，是早已退役而幽幽晃蕩在無垠星際的太空船，以光計此處與彼處的距離，仍定時地向地球發出訊號、畫面、聲音，無關彼端有沒有收到。

時間於此之一茫昧之甕中被切割，時間準時，時間在走，時間彷彿被眾人各自分去了一點，但總感覺與我無涉。我與一牆之外的時空是不同的，我是蝸居在黑暗之中的漬物，我是太空中的飛隕，我是那些在病床上日日夜夜所作的惡夢。我是夢的惡，我是殞落之物黑暗的化身，在失去時間感的密室裡，在日日夜夜寢時便作惡的夢中。

肝臟移植手術結束，許是插管造成咽喉多處的損傷，聲門水腫，右側聲帶軟骨半脫位，張嘴無聲，飲水吃食必感到喉間若有砂紙來回打磨的疼痛。無論再軟的纖維、流質液體，都像是一顆又一顆細碎而堅硬的石頭在喉間來回砥礪，讓慣習的謹慎與沉默都在此刻有了光滑的寓意。當我有話欲說，必連帶著疼痛的發生，即使閉口不言，不說話，疼痛也不會因此而減少，就連吞嚥口水，亦總是感到如鯁在喉、渾身不適。我不禁揣想，我飲食，我和食物是不是也在互相傷害；我有情、彼無情，我時刻感覺到痛苦，而彼未嘗沒有。

遂憶起父親高掛於廳堂的那幅《內經圖》，圖中如塔一般的十二重樓坐落於喉間的位置，其上一處標明「飧咽」；「飧」指氣管，「咽」涉食道，食物自飧咽入，從十二重樓與脊椎的狹仄管道中躋攀而過。每當我腦海中浮現這張圖，便不自覺地對應著自身的情狀——喉道的解剖、圖說的指認，每次吞嚥，都像是沿著喉間一石階蜿蜒向下，有人拿著小刀在石階上刮。大抵是喉中有青苔，苔下有古遠的碑文，本無人知曉也沒有人在意，如今透過一再地刮除而顯露於世間。語言的考古學、心念之索引，都在靜默、吞嚥與發聲間，得以領略一二。

是故並非我吃不得無味的食物，而是當進食成為主動體驗痛苦的方式，便使我恐懼於此舉是否會為喉嚨帶來更深的、反覆的傷害。

我懼於自己的浪費——一碗大粥只舀兩湯匙，一盒雞腿便當只扒兩三口乾硬如沙礫的飯——會不會在未來受到天譴；懼於此刻的失聲是否會成為無有轉圜的災厄。即使生物學的知識使我們知道氣管與食道分屬喉道間的不同位置，吞嚥時所感受到的刮除感畢竟是真實的。遂知在知識尚未得到我們的信任之前，學習得越多，知識的裝備便如同參加一場派對；亦如，當我們換上華美衣服，披上寬大之袍，旋舞、社交，微細如蒲花的塵灰浮蕩在空中，似雪下在衣袍上，看起來很美，但終究不是衣袍本身的美，而是來自誤會和想像。

病室裡，印有醫院圖騰的病袍雖稱不上好看，但體腔上的L型傷口，確實安然地隱身於其下，遮掩著被縫補起來的洞。刀身剖經之處，肌肉尚未長，釘子尚未拆，若一條蜈蚣睡在肚腹上，當其清醒，即有淺淺深深的刺痛感，不間斷地自其匍匐之處如漣漪般擴散開來。美容膠下的皮膚皆紅腫，繼而隆起難耐的疹丘，使我一瞬之間有錯覺——喉嚨間的疼痛，其實是自肚腹延伸上來的。

是一條蜈蚣用其尖銳的口器嚙開通道，進到我的內裡，成為我的內裡；是我所畏懼，使我成為他人的畏懼。是我與我父曾有隔、不解，今卻因肝臟的捐換而得以疏通開來；是身如衣，是這件寒傖之大衣的肉身拉鍊對自我強硬的破解；是大地的睫毛，大地曾於我沉睡時，睜眼又旋即閉眼，因之於觀照到萬物的頹敗而感傷不忍見。

那幾日，心中有話說不出，即使開口，也僅能發出微薄的氣音。加護病房裡不能攜帶手機與電子產品，親友來探視，只能隔著病房一角的螢幕，螢幕的彼端是一間小室，兩人並肩便會佔滿整個畫面。為了回應彼端擲來的詢問，我常須用盡氣力地喊，每說一句，疲倦感便多增一分，即便如此，親友們也仍聽不清我想說的，眾人只得依憑我的唇形、氣音，臆測所謂的「好」、「還可以」與「不錯」的意思。

聲音成為隱約的存在，在可聞與不可聞間，在可意會與不可意會間，如一陣熱氣自飲水杯蓋上的小孔噴騰而出，復又在廣闊的房中發散，薄淡地消失。

伸出手抓，似捕捉到了，實際上卻一無所有，於焉，一切字詞、句子的意義，皆隨微弱的氣音齊隱遁。聲音從肉體的深處出發，又回到肉身中，支持著鼻胃管、靜脈導管、引流管、氧氣罩在身上不同部位落腳。

入住加護病房的頭三天，惡眠的時間多，即使醒來，也常將晨間誤認為晚上，將深夜誤作午後。起身便痛，轉身亦同，右手時刻按著自控式止痛劑，期能及時得到痛楚的寬解，然而精神上的折磨卻始終找不到方法來抵除。寢即多夢，一入夢便約莫是兩個小時。夢中多險惡的關卡，魍魎、靈怪，眼裡浮現的盡是灰暗、斷裂、無邏輯的情節，似上天所遣心性的考驗，一關挫敗後接著一關，直到快要忘記自己的模樣了才會醒來，醒來，被迫將夢中的恐懼留下來。

鎮日反覆，意識迷濛，彷彿靈識早已離卻肉體，成中陰之身。

在中陰裡，薄被蓋身，全副身體如柴草在火爐之中燒。爐上，是時間與藥劑正努力熬製著我所失去的聲音。自夢中轉醒，心思隨濕潤的毛孔開闔如一透明的橐籥，不斷往外擴，擴及屋外的雲層，覺其亦是世間的毛孔。肉身的毛孔是泉眼，雲層是泉眼的淚腺，當天地側倒，即是兩個面對面流淚的人將我夾在中間，天神與地祇，我是祂們唯一的注視之物。

當我的心思回到一室之內，上面與下面是層板與層板、眠床與棉被、美容膠與測量脈搏心律之管線，使我知覺到自己是被夾起來的心——我是萬物之心，當心思索著「說」與「不說」；當「說」與「不說」都感到疼痛，心搏無聲音，又將要如何確認自己活著。故而，當我燥熱難耐，將薄被掀開，感到涼冷自八方襲來，涼如滿佈蛛網的枯木在陶瓷盆景中，散淡於暮秋之晚的園林一角，思覺寄居於此的蟲豸已多時不見，那般的冷靜與淒清。

我又將如何調適與世界隔離、被世界遺棄的失落感。遺棄是冷、熱兩種感覺如浪濤般前後來擊且一再地沖刷，遺棄是對聲音的沒收，是當我向護理師訴說肉身之不適，其一日三次拿著耳溫計前來卻測量不出溫度變換的無奈。加護病房第四天，由「吃得太少，不會讓你出去！」到點滴架上多了一包乳白色的靜脈輸入液，一切沒有得商量。昏沉間，只識得維生機器是如何推動乳白色的液體通過透明的管線打入脖頸，流轉周身，使我不斷感到反胃與噁心，體溫持續升高如住熾火，火中有汗，汗中常欲嘔，嘔出的除了胃酸，別無他物。

即使知道轉出一般病房的時限終會到來，但失去的時間感及種種不在預期內所發生的痛楚，總讓我想著，如果繼續躺下去會不會永遠就這樣子了？任由紅疹肆意生長如俯瞰桃林在杳無人跡的深山蔓延，將我圍攏，成一封閉的聚落，被世人遺忘；抑或轉生為佛教經典中所提及的孤獨地獄主，此後永遠被過往三十年來的貪執及厭離自我的果報給時刻折磨著，換來意識對諸物的附身。

於昏沉間，生魂離體，以世人眼中之無情物的形象，感受無量痛苦。附身於門軸、檯桌、鐵碗、匙筷、點滴的管、水龍頭、枕、枕內棉花，當門軸轉動，脊椎如濕潤的毛巾被扭乾；當匙筷鏗鏘，頭顱則似被重擊；當透明管線中有液體通輸，則是身飽脹，如銅汁澆灌於囟門，復又自湧泉穴出。

靜物之聲，宛如人之代言。物之無情、物之安靜、物之掙扎與無力，想來終究無法輕易被他人理解；而人之有情、人之躁動與宣說、頹然與奮進，也未必就是旁人所領會的樣子。轉出加護病房的當日，午後至耳鼻喉科會診，值班醫師說即使再將聲帶軟骨推回，手術後，也不敢保證能讓聲音回復如初，但若決定要開刀，則要盡快，否則纖維化後將難以復位。這樣的說法引起通訊軟體中家族群組的一陣鬧騰，眾人各執一言，而我「不然再觀察看看好了」的訊息，則始終沒有人回應，在你一言與我一語之中，一下就不見了。

像沙灘上的足跡，像狂風中的雲，流水浮萍。翌日，來巡房的耳鼻喉科主任醫師說，不用擔心，若飲食不會嗆到，只需持續觀察即可，囑我勤做發聲練習，食B群，感到疼痛就用消炎噴劑，大多數的病人都能在半年內恢復聲音。

前後兩種說法皆使我焦慮，通訊軟體中親友的疑問也如投石入水後引起的漣漪。我多次試著對即將離開的醫師提問，但他的回覆聽起來篤定、快，而且急，總是拍拍我的肩，要我好好休息，隨即轉身就走，留我一人呆坐在病床上，覺得自己越來越像一條不小心跳上岸的魚。

嘴巴兀自開闔，發不出聲音，即使有，也好像沒有人在聽。

※本篇獲二〇二二年吳濁流文學獎散文佳作。

夢中通訊

在街頭買的花萎了。

住院前，在街上偶遇行動不便的男子，口齒不清地兜售最後一串鮮花。細長鐵絲穿過花的綠蒂，當時，花瓣猶挺立，說不上新鮮，買下來也無關乎善意，只是驀然想起賃居處供在佛前的那束花也曾是小販攤位上的最後一束。如今，鐵絲串起的綠蒂已烏青，眼前的花色由素白轉為鏽紅，彷彿只是一瞬之間，同老去，亦與死亡同。吊在病床旁，乾萎的花瓣受風吹，靜靜地像一根又一根的手指捉捕著日與夜的流轉，在額頂進行著夜到夢的過渡。

紀錄、暗示、預言——時間在花的身上作用，亦在我的身上作用。

我想起明末高僧憨山德清言：「三界夢宅，浮生如夢，逆順苦樂，榮枯得失，乃夢中事。」一捐肝手術的十幾個小時，或驚險或平順，我似有參與亦似無參與。麻醉藥劑注入，自失去意識到轉醒也不過是一瞬的事。一瞬之間睡，一瞬之間醒，一瞬之間連一場清晰的夢境都來不及做便脫胎奪舍又去而復返。朦朧間，護理師將止痛劑之握柄放在身側，囑我疼痛難忍時便按壓一下。我正要回答，卻發現張嘴無聲，護理師示意我好好休息，待醫生巡房時再詳細解釋。

是時，壁鐘的時針和分針指向了四點半，六十五度夾角，像極了這間位於角落的加護病房密閉而無窗的空間，使我感到逼仄，使我分不清凌晨或午後。

室內唯一的光源，是頭上的日光燈，那是病室的太陽與月亮。加護病房內的日與夜自有一獨自運作的時間，與外界不同，大多時候都安安靜靜的，如一艘遊蕩在不同時空的太空梭，除了護理師定時的巡視與問候，便只有身側各種機器的運作聲相伴。在這裡，時間不是環狀的，是長蛇，是蜈蚣，是永無止境看不到頭的宇宙旅行的公路。

每日近午十一時以及下午三點，家屬得以在外頭小間中透過螢幕視訊探病，這是少數病房裡得以和外界聯繫的時刻。一次十分鐘，接通螢幕後，右下角的時間便會開始倒數，時間到，螢幕便會霎然暗掉，時空復又斷開，突留病者獨自回到清冷的宇宙飛船中，繼續漂浮著。

入住病房最初的那三天，我常醒來，但並不常掌握時間。睜眼，眼前所見多不真實，感到自己彷彿還在夢中，手指按壓著止痛劑，隨後又昏昏緩緩地進入了深長的睡眠。那幾日，大妹與親戚來訪，一日兩次，先探視父親，再探視我，卻時常在接通病室的螢幕後，見我戴著呼吸器，頸上插著管，仍沉沉沉沉地睡著。看著看著，十分鐘也就過了，大妹甚至為沉睡中的我拍了張照，螢幕為景框，看起來像極電視八點檔裡命運多舛、身世淒迷的主角。後來，好不容易遇到我清醒的時刻，大妹透過麥克風大聲問我：「你是豬喔，怎麼一直睡？」

「齁齁。」我想回答，但開口沒有聲音，只好學豬，叫兩聲。螢幕彼端的眾人都笑了。大妹連番問：「還好嗎？」（昏昏沉沉的，一直作惡夢。）「傷口會痛嗎？」（有止痛劑。）「你有想我嗎？」（下面一位。）「要吃什麼嗎？」（只要不是醫院的療養餐我都吃）。「你是豬嗎？」「齁齁齁齁（妳才是）。」一切的回答都隨著氣息自喉間出口又旋即渙散於虛空之中，他人只見張嘴之形，卻不聞其聲。齁齁，唯這兩個音發得特別響亮。大妹轉身，問妹夫，怎麼都聽不到哥講話的聲音，是不是麥克風壞了？螢幕彼端的眾人，只聽得到我「齁齁，齁齁」。導致大妹失去耐心，翻起白眼，以為是我刻意搬演化身為豬崽的默劇。

好不容易，自住了一週的加護病房轉到一般病房。離開太空，返回地球。

第一件事，便是讓失聯兩週的C知道。C得知大妹即將銷假返回職場，便疾疾安排了南下的行程。從天母搭捷運抵車站，乘高鐵抵高雄新左營，再轉臺鐵至鳳山，復又乘計程車至醫院。這段路對他人來說也許不算什麼，頂多只是周折了些，但對恐慌症不時發作的C而言卻是一場充滿著焦慮的冒險——陌生的月臺、擁擠的人群、複雜的班次，種種種種在他人眼中輕而易舉的事在C的眼裡卻都是一大挑戰，對她的身心，也是長長的折磨。

她穿著顯眼燦明的碎花洋裝，輕易地吸引眾人的目光，卻恨不得將自己縮成乾枯的影子藏身在人群的縫隙。這雖是我想像之景，但見面後，果然如此。

那時父親還在加護病房裡，當我躺在床上受著麻醉藥劑與脂肪乳注射液、夢魘與夢魘、時間感的失序之摧磨時，父親已能下床走動，推著點滴架圍著護理站一圈又一圈地走著。而我躺得越久，便越感到身心皆臃腫，像一顆鼓脹的氣球。加護病房裡的護理師總開玩笑地說我是「滬少年」，要我轉到一般病房後好好加油，不要輸給自己的父親；要我盡可能多吃一些，多努力下床走動。

對於這些叮嚀，我總回應：「我很努力了。」來到一般病房，雖有重獲自由的雀躍感，但初始仍總是睡，感到無止境的疲倦，睡到陪病床上的大妹總說我半夜一直發出齁齁齁的鼻息聲吵得她睡不著，想用髮夾把我的鼻子夾起來。

但我不知，我只知自己常常夢到有人在旁看護著我。

學姊T在得知我即將動手術後，寄來了一尊銅佛。手掌般大，佛首有四面，象徵著慈、悲、喜、捨，是心無量，大抵是盼望以佛功德護持我，祝願手術的過程順順利利。我將佛像置於木柵賃居處的窗前，日供茶水，不祈、不禱、不求，只見它在日光下明明燦燦的樣子，是心意的寄託，也是提醒與祝福。

提醒著我時刻謹記隨眾所求而利益他方、愍念眾苦而常懷悲心、隨眾功德而悅豫欣慶、捨眾差別而利益平等。南下住院前，我供了一束鮮花，心念寄寓，願除我以外的受苦者皆得以消除他們的災難，願寄來佛像的T身隨心安，願父親在接納我身的一部分後，那一部分能在他體內安穩地生長，援續命元。

對於諸多的善念，我常覺得不好意思，感到是自己麻煩了眾人，但也同時深深記著這些人情。長年在眼科診所擔任助理的C抵達了醫院，見了面，輕聲地問了句：「都還好嗎？」看著我身上的管子、失去的音聲，她的淚水輕輕緩緩地自眼眶中落了下來。失聯了半個月，換得這副模樣，她直言心疼。

我用氣音說著沒事的，齁齁。C笑了，問我幹嘛學豬叫。我說這是我少數能發出來的聲音。她藉口要去超商買東西，沒想到是跑去護理站詢問我失聲的狀況，一聽聞是手術拔管時造成了聲帶損傷，激動地向護理師表示這是醫療疏失吧，要怎麼處理，可以轉院嗎？她焦急的聲音大到在病房中的我都聽得到。

為此，我們有了見面後第一場無聲對有聲的爭執。即使我也為失聲感到焦慮，但我總說沒事沒事會好起來的，C卻面色不善地罵我不懂醫療業的黑幕。

我理解，因之於過往不愉快的工作經驗，她對醫療院所有著下意識的不信任，此與我慣習將一切的異變當成個案與特例不同。

然而，看著她大拇指與食指上撕去了皮所露出的殷紅傷口以及不斷用力娑磨著的指節，我明白當下的她正承受著巨大的、孤獨的、恐怖的焦慮——無論是這趟行程，抑或是見面之後所得知的一切。見此，我緩了下來，握著她的手說：「我知道，辛苦妳了。謝謝妳，醫生和護理師們這段期間很盡心地在照顧我，不要對他們發脾氣，好嗎。齁齁。」C笑了，說你還來，齁上癮了是嗎。這才拿出了我託她帶來的《華嚴經》，一句一句讀給我聽。

而她的身心與眼淚，也在這時才真正地放鬆下來。那幾日，C晨起七時許自醫護社區中的病人家屬住宿區，急急趕趕地來到彼端的兒童大樓。買早食，推著輪椅，伴我走過各處室做檢查。午後用完餐，便在病床上與我一同午睡。晚間近九時，看我洗漱完，這才獨自穿過夜色回到遙遠的家屬住宿區。一連幾日，我擔憂著對陌生環境容易不安的她沒有吃好與睡好。睡前，電話的彼端說著一切都好，只是床墊硬了點，冷氣冷了點，四周太過僻靜了點，有些可怕，隨即又說；「但看到你復原的狀況更好了一些，就什麼都好了。」

當她說「有些」，我便明白那是她的「極限」了。

我要她來病房睡，但她總說陪病床以及鄰床的活動聲會令她睡得不安穩。她說「沒事，吃了藥後會好一點」，但顯然再多的鎮定劑和安眠藥也無法安撫她的身心。看著C日日憔悴，我請她先北返休息。翌日，在她返回臺北前，放了幾朵花在我的床頭，說是在院外跟行動不便的老先生買的。我說真巧，花也真好，襯著妳身上的碎花洋裝也好看。午後護理師來巡房，量血壓，說著：「漚少年，今天有進步喔。」我努力回應著：「怎麼連妳也知道我是漚少年。」但這句話怎麼聽都像是被削薄的音效——勉強聽得到，但還是過於小聲——護理師聽出我的憂慮，說不用擔心，先前有病人也是這樣，但大概半年後就好了。

我想，她知道我不是真的被她說服了，但我確實因為她的這番話而感到莫名的安心。半年，最長就半年吧，睡著也不過就是一瞬，半年也不過就是一瞬，作一場長長的夢，醒來也不過就是一瞬。看著右腹的引流管，陡然升起一種肉身為人工造物的荒謬感。塑膠球的管中蓄積著一些自體內流出的暗紅的血液，隨著挪動而搖搖晃晃像是實驗的試管、收容身體代謝之廢餘的囊袋。

在醫師判斷可以摘去的那天，管子的尾端脫離腹部的肌膚「啵」地一聲自腹腔的孔隙中傳出，使我感到驚奇。這是好事吧，聲音終於一點一滴回來了。肉身是樂器，這是住院後第一聲被我聽見的肉身的讚嘆，對於世間、對於周身的一切，像是宇宙誕生時的第一道聲音。

C後來傳訊給我，說那一天要回臺北時，下樓，出電梯，正好與母親、小妹相遇。母親與C只見過少少的幾次面，但相處愉快。她說，當時母親紅著眼眶問她：「這幾日，都是妳在照顧我兒子嗎？」接著便不斷向她鞠躬道謝。這一幕太難忘，難忘到她當時有些手足無措，只是慌張地也向母親鞠躬，說：「不會不會，這是我應該做的。」C託我跟母親說，她很慶幸自己有來這一趟，也希望母親能夠好好照顧自己。

C北返後幾日，我開始失眠。凌晨兩點睡，三點多醒來，在床上躺了一陣，想著雨，窗外便下起了雨，想著睡不著，是夜就真的睡不著。彷彿一切念都透過了某種神祕的機制來應現。當天陰且涼，心便低沉地似虛空中不斷下墜的石頭；若是日有風且雨，心便潮濕一片，像泥濘之地將要淹起水來。我知道，這是季節轉換帶來的情緒波動與失眠，是肉身還在習慣這般的復原。

《華嚴經》謂：「心如工畫師，能畫諸世間，五蘊悉從生，無法而不造。」所謂「如意」，招致而來的也不全然都是快樂的事，但仔細一想，這好似也與快不快樂無關，乃因初意常無關善惡，追索而至的意念與判斷時常才是引起諸般覺受的根源。常是意念一發，心識一住，便不能毀，繼之感到煩惱、悔懺與怨憎，於是我開始試著不下判斷，改變、轉念，連陰、涼、風、雨都不想。

不想窗外的雨勢、室內空調的恆恆低溫，不想我的聲音，床頭的花束與一旁的佛卡，不想著睡。想著雨勢漸小而近無，耳邊那漸漸堆疊而來的鳥聲，似隨著空氣中退去而復昇湧的水氣一片一片地織在一起，成了透明的絨毯。睡不著，遂起身，感到脖頸僵硬，輕按有針扎，重壓則如有人持錐相抵，手指於焉成為自傷的利器。又想著指尖所感受到的冰冷，是否是窗外那片鳥聲織成的毯，逾過窗戶，披覆在肩，毯下有萬千長喙正啄擊著我的肩頸？

不去想，又不自覺想得太多。

但我知道聽見鳥聲，便約莫是凌晨四點多。拉開窗簾，天仍黑，彷彿入夜不久，一座城市還在作著它的夢。想著或許是我的時序與世界不同，還在加護病房與一般病房兩個時空的中介穿梭，想著想著，雨勢又大了起來。拉上窗簾，憶起此刻在木柵，大抵已可見晨運的人於恆光橋上走，有些往市集，有些往山裡。過往失眠時的我常於凌晨時爬山於狹仄的山道上與晨起的人錯身，有風來，夾道的古木以綠葉招呼，種種有生之物在會面時，肯認了彼此的存在。

想著「存在」。

想著住院的這段期間所收到的來來往往的善意。想著即便花萎，也會有新的花開，日落，也會再有日出。有離散，也會有聚合。思緒想著，情緒走著，思緒走著，情緒想著，雨竟然也就停了。看著陽光越過窗簾灑落陪病床上，床上空無一物，亦空無一人，唯有C臨走前幫我放在窗臺前的佛卡閃閃發亮著。

佛首雖只有一面，但佛卡中的藥師如來、琉璃放光，真實與虛幻相合的一瞬使我感到自己有極大的幸運，有大梵在北，替我守著賃居之處，帶著他人的祝福為我四方照撫；有藥師在南，長伴身側，大日之下為一室的病者來看顧。多麼妙聖的因緣，不能發聲的時候，便學著聽世間的種種聲音，以他聲為己聲，這樣想著，其餘妄念與雜念也就不響了，也不想了。

「齁齁，齁齁。」學著卡通人物討外甥開心。辦好出院手續，走出醫院，在門口遇到了賣花的男子，我又買了一串鮮花掛在包包上。北返木柵，抵家，將已萎乾的舊花換掉，新的供佛前。兩週後，意外移位的聲帶已恢復七成，像是這具肉身也慢慢慢慢自長夢中甦醒過來。

即使如此，談話仍啞，談話易使腹部盤據的蜈蚣再度鮮活起來。飲食的時候亦同，蜈蚣千百隻腳死死扎在皮膚上，緩慢地鼓脹若呼息。齁齁齁齁，因束腹帶的悶熱引起的疹像是在腹部上開出的花，在凝膠與藥膏的娑摩中一次次地被平撫下來。由紅轉黑，似花期將盡，只留下癢，癢而不可撓，只能不動聲色。

在那一刻，我成了培花之土，若有想，若無想，我成為了諸多花朵的夢。躺在床上望窗外，將入眠之際，我彷彿聽見那一尊窗前的小小銅佛，在夜間，也發出了沉睡的鼻息聲——齁齁，齁齁——這是我們齊齊自夢土發出的通訊。

※本篇獲二〇二二年鍾肇政文學獎散文副獎。

被留下來的

冬日望海

颱風將至，因管制，海巡人員不讓遊客靠著海岸太近，只能遠遠地聽，遠遠地看海水拍在消波塊上的浪花，一瞬而逝，彷若這些年對於某些事務想著放棄而又感到不甘心的執著，終究還是向著天地坦露了出來。

只能聽，只是聽，只能趁海巡人員不注意，偷偷往前一點。安全區內，坐在一顆巨大而平整的白石上，往海面望，成為風景中一突兀的人。阿琴知道有些人正在遠處觀望著他，但他的眼裡只有遠方的海，凝神如尋鯨，視野盡處見浪花如鯨群往同一個方向躍去，便覺得天地有方向，自己不是一個迷失的人。不久，有遊客隨著他的腳步踏上沙灘，若海浪一般逼近而又退去，拍照、吶喊、嬉鬧。阿琴不為所動，只是安靜地聽，只是孤獨得如座下那顆白色磐石，在一片黑色的礫石中成為一道立體的潮聲。

那些曾發散出去的聲波，透過一座廢棄的電臺當中介，如今是否都已被準確地接收到了？對於人生的種種轉折，阿琴並不確定，也甚少向他人吐露。不確定的，還有那些吐露出來的嘆息聲，如今是否都確實地被遠方的人仔細且謹慎地分析、解碼、領略了。明白他不是在對誰說話，明白他不說話，只是用稠網與密罟譜曲，將歌低聲地哼，送給後來的妻子——那曾經在沙龍照裡亮麗燦笑的樣子，那日漸衰老豐腴的樣子，那對他充滿哀怨而莫名責怪的樣子，那病與未發病時判若兩人的樣子——一切當如同水面的波紋漸擴漸遠。

虛空如今已是妻子的居所，妻子是大海的虛空。當阿琴開口，歌聲如一片筏輕駛而過，便彷彿能聽見如大海一般沉穩的妻，也正望著春風，在風中望雨般地應和著。

想著孤獨與離去的人無涉，留下來的只有日漸模糊的記憶。

阿琴想起從前，從前從前，至少有十年，大海也能聽見他的兒子於夜半獨自吐露的心聲。聽兒子說起當年離開臺南，負笈於桃園，夜半時常獨自騎行，經過機場，抵達無人煙的漁港，港邊的沙岸褪去白日的喧譁，遊人如飛螢四散，留下腐草的精神埋在細沙裡。風中，循環似的播放著那些來而復去的足印，以及那些來而至此未有機會返回來處的生之遺跡，帶來如一時辰般快速流逝的一年，也帶來如一年般緩至極緩、極慢、極掙扎的一日。菸頭上、柴火邊，火光的飛揚與隱匿，襯亮了身旁啤酒罐的燦明與冰冷。

阿琴不知道的，是他的兒子時常在前往海港的路上，玩著數數的遊戲。暗夜大路中，閉眼騎車，心中數著秒，由「一」開始，時常來到「七」，驚慌與恐懼便是由衷而生，使其不得不睜開眼，但每一次，眼前什麼都沒有，有的只是地上車燈照出的標線與更加黑暗的前路。

阿琴不知道兒子的抑鬱，亦無法理解活著便是活著，為何兒子一天到晚想著什麼人生的意義與動力。阿琴不知道，「七」始終是一個令他兒子感到畏懼的數字，人們常言逢九必有考驗，但對於阿琴的兒子來說，七、十四、二十一、二十八，四個命運的節點都為他帶來各種變數——遷徙、不安與難堪，無來由的茫然恐懼、深陷低谷的絕望感。最重要的，不只一次地為他捎來了死亡的訊息。

「七」宛如一面鏡子，讓阿琴的兒子照見自己的種種缺憾與失去，只是無論怎麼照，鏡中所呈現出來的總是氤氳的霧氣；「七」亦宛如一把匕首，時刻為他帶來緊張與傷害，沒有意識到人在匕首旁，也將得到造化，由此種狀態到彼種狀態過渡與超脫。如同在浴間，阿琴多次告訴兒子不要弄得滿室水氣，但他總是看著兒子反覆擦去妝鏡上的霧，一次又一次，看身影是如何越來越模糊，使得照鏡的人亦產生了變形。

抹除霧氣的過程，如同緩緩在鏡面上拉開一道門，照見赤身裸體的另一個自己被無痛地支解開來成為水氣的一部分，彷彿鏡中難辨的人影才是水霧的真身，霧中的人，才是日常遮遮掩掩的自己。

兒子說七年了，距離大學畢業。但至今仍在北部求學，由桃園來到新竹，而後是臺北，沒有想要回故鄉定居的意思，對此，阿琴有些著急，兒子身邊諸友皆成家、立業，唯有他一人仍在學院朝渺茫的標的踽踽獨行。阿琴曾暗示，同輩親友都成家、生子了，如果和對象相處得還可以，也許就能考慮一下婚事。阿琴的兒子總是回答沒有這麼快啦、沒有合適的對象、不急、再多相處幾年看看，這讓阿琴不禁懷疑起兒子到底畏懼的是什麼？是經濟條件，抑或是曾隱隱約約聽聞過的情感創傷？

阿琴未曾想，也許是原生家庭的創傷圖景，成為了他兒子對未來家庭想像的鑑照與預言。

如果美滿不可得，那麼就對不圓滿的可能敬而遠之，又或者，是阿琴的兒子害怕自己沒有能力做到其父親那樣對發病的母親無限寬容的程度，於是選擇讓自己像灘上的石頭，因曾見過山中最為深邃的黑暗與晴朗的天，於是安然處在海水中，唯任因緣流去如水逝。告訴自己，過了就過了，何苦多罣礙；既然沒有能力，何苦耽誤他人的青春。

兒子對阿琴來說，是一個謎，但也許阿琴對他的兒子來說，也是一個謎。這是他們兩人少數的共通點，而另一個共通點，則是他們都是被留下的人：阿琴的妻留下了他，也留下了他的兒子。

時間沉澱，被淘洗過，同樣是被留下來的人，自然會相互親近，至少，能夠理解彼此的孤獨吧。是這樣嗎？阿琴至今仍然不明白兒子當初的堅持，只是靜靜地眺望，任海反饋給他清涼而近於冷的擁抱。冷，使阿琴覺得自己就是那片海，海的化身，因好奇岸上的燈火與夜色而走上了岸。生在人口不滿千人的小漁村，父親是鹽工，不以捕魚為業，但對於漁獲的辨認、船隻出入的時間卻十分清楚，哪家哪戶專營火燒蝦的買賣，哪家哪戶可以買到價格與品質相襯的蚵仔。阿琴不明白他的兒子怎麼去到了臺北，便開始什麼話都不說，只是冷淡地笑，每次問起，都回說沒什麼大事。

阿琴復又想起兒子高中時，雖沉默、寡言、抑鬱、淡漠，但至少個性鮮明，即使發話時多以爭執結尾，但至少有來有往，彼此還算有所溝通，怎麼如今漸行漸遠，如濃厚的水氣朦朦朧朧。

看不透，兒子大概也是海吧，即使這片海小時候亦曾因溺水而懼水，但畢竟是海，充滿鹹澀與蒼茫的氣味，充滿變化。阿琴唯一能夠推知的，是這片海畏懼自己。但對於這片海，阿琴對他的理解仍然不夠深，只知道自己先是將軍鄉的海，當兵時是馬祖的海，工作時是新北的海，如今，則是客廳中那一小方魚缸裡的海。胸中懷抱著十幾隻廉價而脆弱的觀賞魚，那是自永康兵仔市場所批來，三尾五十，外來種混本土種，為了給外孫們自外地回來時不覺得無聊所設置，如今這缸中的住民已經是第五批。

阿琴漸漸懂了養水，餵食如何適度。在魚缸的底部鋪滿七色彩石，頂上一盞燈，缸底一盞燈，用餐時刻將燈開，看原先黯淡的魚群，其花色、紋路因光照而更加鮮豔燦麗地顯現，便感到滿足。

這大概是阿琴退休後的生活裡最規律的事情。

海亦成為阿琴兒子身世的不同節點，昭示著來處、歇處、去處。當阿琴回到馬沙溝，望著海的另外一邊，想著海終究也成為了其兒子心思沉沉時所眺望的遠方。於是他把一部分的海搬回到家裡，存一個念想，而就在此前的一年，他的兒子終於搬回來了臺南長住。

半年後，當妻在睡夢中辭世，他時常在深夜的廳堂裡聽見兒子的房間傳來細語喃喃的誦經聲，觀世音、海潮音，一切音聲宛如海灘上的螺貝，仰著開口對虛空祈禳神蹟的降臨。恍然間，阿琴彷彿亦聽見白日屋埕所曝曬之那一片片扁魚的心跳，他的影在夜裡是如何響得像招魂的風鈴。阿琴的兒子，也時常在午後聽見父親的房間傳來了哀傷的歌聲，將中國的流行歌曲「心上人，我在可可托海等妳，他們說妳嫁到了伊犁」唱成「心上人，我在炎熱的海等妳，他們說妳回到了雲裡」。

阿琴的兒子不知道這是父親的改編，還是因為其過於沉浸於歌曲，導致戴著耳機跟著唱出的歌聲不小心地坦露了思念妻子的心思，不在其位的音調裡，帶出了深深的沙啞的哀傷與哽咽。當阿琴走出房門，發現原來兒子休假在家裡，只是若無其事但略顯尷尬地走過，雖然有些羞赧，但仍想著兒子戴著耳機，應該也沒有聽到剛剛自己的歌聲吧。

阿琴走到魚缸旁，打開燈，觀察著每一魚的動向，他心想，兒子心中應該也有許多的憂慮與遺憾沒有講，像這些魚，魚嘴的開闔若不斷地傾訴與呢喃，但其實什麼都聽不到。阿琴留意到兒子房間內的盆栽，紅結綁起七支竹，其中一支已乾枯，在翠葉中，顯其枝節的灰白。阿琴知道那是死亡，植物的死亡，有黴似雪，覆蓋在乾癟的枝節上，昭示著另一種存在。阿琴知道，魚缸若是自己，那麼盆栽或許就是兒子的化身。

活著總是需要一個寄存之物，作為生命的依歸、凝視的對象，在對他物的凝視之中完成對自我的凝視；在觀看裡，理解世間萬物彼此最合宜的位置。魚群張嘴無聲，竹木懷念冬日，葉片的吐納呼吸更不得見，然而至少人們在冬日的喟嘆無論或長或短，每一口氣都清清楚楚，那是彼時唯一能掌握的事。

如網對空中撒，一日蓋過一日，活得像是在架上不斷被翻面的比目魚，明燦燦地日照在身，心裡滿滿的卻是明燦燦的雪、將融的鹽霜。一日，阿琴見兒子藏紅色的樵夫褲下腳踝白得像脫了水的筍，不禁問起原因，兒子說還好吧，但阿琴隨後看到兒子在社交軟體上的貼文，說著自己走得很慢很慢，慢到常人無法理解，慢到雨在自己面前都很快地就落了下來，未曾在天的眼眶打轉。

阿琴不明白兒子話中的意思，他只是來到了他的故鄉馬沙溝，坐在竹筏上，看著眼前的苔痕像浮出的種種記憶。掛念起從前從前，和妻一同親見天邊相繼奔赴遠處的星的從前，一切似乎皆已抵達其最宿命的位置。有它的苦難，有它的幸福，有它對相擊之物的傷害，亦有傷害後包藏於時間中留下的生機。有疑惑，但也有明確的答案。想著它們曾經帶著光，像天地寬容的憶念，從很遠很遠的地方來，如今在某處成為新的土壤與泥塊，或沉入海底，一粒一粒，使眼前的這片海如同家裡的缸一般，羅佈著無數明燦七彩的心。

阿琴的一顆心，應和著海風兀自在耳邊響著。那一年的春天自海上來，海是阿琴已來的模型，想著如今的兒子也漸漸有了海的樣子，阿琴感到風勢漸漸大，他折返於岸邊，虛空隨即降下了密如蛛網的雨。他想到了自己的妻子，今日清明：「他們說妳回到了雲裡。」阿琴想著，眼前的雨水，或許是辭世的妻子乘著風，在海上的雲裡，看岸邊那傷心的人，所流下的心疼的淚水。

夢中通訊

【新書分享會】

崎雲

日期：2024/1/20（六）
時間｜15:00
地點｜版本書店SüRüM Bookstore
（台南市北區開元路148巷33弄9號）

洽詢電話：(02)2749-4988
＊免費入場，座位有限

國家圖書館預行編目資料

夢中通訊/崎雲著. -- 初版. -- 臺北市 : 寶瓶文化事業股份有限公司, 2023.12
面 ; 公分. -- (Island ; 330)

ISBN 978-986-406-394-9(平裝)

863.55 112020971

Island 330

夢中通訊

作者/崎雲

發行人/張寶琴
社長兼總編輯/朱亞君
副總編輯/張純玲
資深編輯/丁慧瑋
編輯/林婕伃
美術主編/林慧雯
校對/林婕伃・陳佩伶・丁慧瑋・崎雲
營銷部主任/林歆婕　業務專員/林裕翔　企劃專員/李祉萱
財務/莊玉萍
出版者/寶瓶文化事業股份有限公司
地址/台北市110信義區基隆路一段180號8樓
電話/(02)27494988　傳真/(02)27495072
郵政劃撥/19446403　寶瓶文化事業股份有限公司
印刷廠/世和印製企業有限公司
總經銷/大和書報圖書股份有限公司　電話/(02)89902588
地址/新北市新莊區五工五路2號　傳真/(02)22997900
E-mail/aquarius@udngroup.com

法律顧問/理律法律事務所陳長文律師、蔣大中律師
如有破損或裝訂錯誤，請寄回本公司更換
著作完成日期/二〇二三年
初版一刷日期/二〇二三年十二月二十五日
ISBN/978-986-406-394-9
定價/三五〇元

本書榮獲文化部獎勵創作。

寶瓶文化·愛書人卡

感謝您熱心的為我們填寫，對您的意見，我們會認真的加以參考，
希望寶瓶文化推出的每一本書，都能得到您的肯定與永遠的支持。

系列：Island 330　書名：夢中通訊

1. 姓名：＿＿＿＿＿＿＿＿＿＿　性別：□男　□女
2. 生日：＿＿年＿＿月＿＿日
3. 教育程度：□大學以上　□大學　□專科　□高中、高職　□高中職以下
4. 職業：＿＿＿＿＿＿
5. 聯絡地址：＿＿＿＿＿＿＿＿＿＿＿＿＿＿＿＿＿＿
   聯絡電話：＿＿＿＿＿＿＿＿＿＿＿
6. E-mail信箱：＿＿＿＿＿＿＿＿＿＿＿
   □同意　□不同意　免費獲得寶瓶文化叢書訊息
7. 購買日期：＿＿ 年 ＿＿ 月 ＿＿日
8. 您得知本書的管道：□報紙／雜誌　□電視／電台　□親友介紹　□逛書店
   □網路　□傳單／海報　□廣告　□瓶中書電子報　□其他
9. 您在哪裡買到本書：□書店，店名＿＿＿＿＿＿＿＿＿＿　□劃撥
   □現場活動　□贈書
   □網路購書，網站名稱：＿＿＿＿＿＿　□其他＿＿＿＿＿＿
10. 對本書的建議：＿＿＿＿＿＿＿＿＿＿＿＿＿＿＿＿
＿＿＿＿＿＿＿＿＿＿＿＿＿＿＿＿＿＿＿＿＿＿＿＿
＿＿＿＿＿＿＿＿＿＿＿＿＿＿＿＿＿＿＿＿＿＿＿＿
＿＿＿＿＿＿＿＿＿＿＿＿＿＿＿＿＿＿＿＿＿＿＿＿
11. 希望我們未來出版哪一類的書籍：

（請沿此虛線剪下）

寶瓶　讓文字與書寫的聲音大鳴大放
寶瓶文化事業股份有限公司

亦可用線上表單。

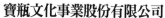

廣 告 回 函
北區郵政管理局登記
證北台字15345號
免貼郵票

寶瓶文化事業股份有限公司 收

110台北市信義區基隆路一段180號8樓

8F,180 KEELUNG RD.,SEC.1,

TAIPEI.(110)TAIWAN R.O.C.

（請沿虛線對折後寄回，或傳真至02-27495072。謝謝）